1,4

VOYAGE

AUTOUR

DE MA CHAMBRE.

DE L'IMPRIMERIE DE CRAPELET,
rue de Vaugirard, n° 9.

Dans maint auteur, de science profonde,
J'ai lu qu'on perd à trop courir le monde.

GRESSET.

VOYAGE

AUTOUR

DE MA CHAMBRE,

PAR M. XAVIER MAISTRE.

A PARIS,

CHEZ ANTOINE-AUGUSTIN RENOUARD.

M DCCC XIV.

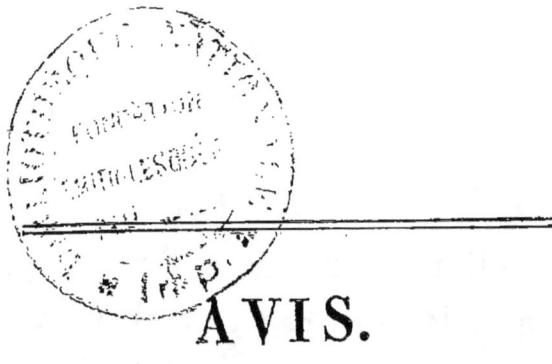

AVIS.

Edition nouvelle, nouveaux ballots de papiers imprimés à loger, et quelquefois pour bien des années, dans les magasins. Je ne sais s'il arrivera à celle-ci de dormir long-temps dans mes tablettes, mais au moins n'y occupera-t-elle jamais une grande place. Trente exemplaires la composent toute entière, vingt sur papier, et dix sur vélin. Sans doute il faudra bien les vendre plus cher que si l'on en eût tiré plusieurs centaines; et plus d'une grave personne dira qu'il est absurde de faire ainsi les frais de toute une édition, pour trente malheureux volumes; que

ce livre amusant, et devenu presque introuvable, méritoit de ne
pas être ainsi réimprimé à peu
près *incognito*. Ce raisonnement
est bien beau et bien juste ; mais
est-ce toujours pour les gens les
plus sensés que l'on travaille ?

En fait de folies, il est quelquefois mal à propos de rester à
moitié chemin ; aussi, ces vingt
exemplaires sur papier ne se-
roient peut-être pas encore assez
remarquables, s'ils n'avoient de
singularité que leur petit nombre;
il a donc fallu que la folie fût
complète ; et comme, depuis quelques années, la mode des livres
sur papier de couleur s'est re-
nouvelée, mais d'une façon moins
triste que les maussades papiers

bleus du xvi⁰ siècle, dont les Ita-
liens raffolent, on croit bien avoir
fait chose merveilleuse en impri-
mant ceux-ci sur papier de couleur jonquille. Franchement, ils
n'en vaudroient que mieux, s'ils
étoient sur beau papier blanc ;
mais, je le demande à messieurs
les Amateurs, cela ne ressemble-
roit-il pas un peu trop à tout ce
qui s'imprime ?

M. Xavier Maistre, le spirituel
auteur de cette agréable bagatelle,
est un officier piémontois, depuis
long-temps retiré du service, et
fixé en Russie, où il s'est, dit-on,
adonné aux arts, et surtout à la
peinture. La première édition de
son opuscule est de Turin, 1794,

in-8°, et l'auteur s'y désigne ainsi:
Par M. le chev. X*****, *O. A. S.
D. S. M. S.* (le chevalier Xavier
Maistre, officier au service de sa
majesté sarde). Une seconde édition fut faite à Hambourg, chez
Fauche, en 1796, petit *in*-12 ; et
deux autres à Paris, en 1796 et
1797, *in*-18. J'en suis bien fâché
pour mes chers compatriotes;
mais, contre l'ordinaire, les deux
éditions de Paris sont les plus
mauvaises des quatre, et elles ne
le sont pas à moitié. Soit dans
l'une, soit dans l'autre, on trouve
exprimer pour *examiner*, *oublier*
pour *ouvrir*, *désagréable* pour
agréable, *quatres*, et autres gen-
tillesses de cette force. Sachez-
nous donc gré, lecteur, si, nou-

veaux Saumaises, ou nouveaux
Bentleys, nous avons religieuse-
ment *conféré les textes*, pour donner à cette édition nouvelle toute
l'exactitude qu'exige le petit ap-
pareil de luxe avec lequel elle est
présentée au Public, c'est à-dire,
au Public des trente personnes qui
auront la fantaisie de l'acquérir,
si tant est que jamais trente personnes s'en avisent.

Toute l'édition est numérotée
de ɪ à x pour le vélin, et de xɪ à
xxx pour les exemplaires sur papier. On ne comprend pas dans
ce nombre les cinq exemplaires
exigés par la loi; ils sont sur papier blanc ordinaire, et numé-
rotés à la main, de 3ɪ à 35.

A. A. R.

Nº. VII.

VOYAGE

AUTOUR

DE MA CHAMBRE.

CHAPITRE PREMIER.

Qu'il est glorieux d'ouvrir une
nouvelle carrière, et de paroître tout
à coup dans le monde savant un livre de découvertes à la main, comme
une comète inattendue étincèle dans
l'espace. — Non, je ne tiendrai plus
mon livre *in petto ;* le voilà, Messieurs, lisez. J'ai entrepris et exécuté

un voyage de quarante-deux jours autour de ma chambre. Les observations intéressantes que j'ai faites, et le plaisir continuel que j'ai éprouvé le long du chemin, me faisoient désirer de le rendre public; la certitude d'être utile m'y a décidé. Mon cœur éprouve une satisfaction inexprimable lorsque je pense au nombre infini de malheureux auxquels j'offre une ressource assurée contre l'ennui, et un adoucissement aux maux qu'ils endurent. Le plaisir qu'on trouve à voyager dans sa chambre est à l'abri de la jalousie inquiète des hommes; il est indépendant de la fortune.

Est-il en effet d'être assez malheureux, assez abandonné pour n'avoir pas un réduit où il puisse se retirer, et se cacher à tout le monde; voilà tous les apprêts du voyage.

Je suis sûr que tout homme sensé adoptera mon système, de quelque caractère qu'il puisse être, et quelque soit son tempérament ; qu'il soit avare ou prodigue, riche ou pauvre, jeune ou vieux, né sous la zone torride ou près du pôle, il peut voyager comme moi : enfin, dans l'immense famille des hommes qui fourmillent sur la surface de la terre, il n'en est pas un seul ; — non, pas un seul (j'entends de ceux qui habitent des chambres) qui puisse, après avoir lu ce livre, refuser son approbation à la nouvelle manière de voyager que j'introduis dans le monde.

~~~~~~

CHAPITRE II.

———

JE pourrois commencer l'éloge de
mon voyage par dire qu'il ne m'a
rien coûté ; cet article mérite attention. Le voilà d'abord prôné, fêté
par les gens d'une fortune médiocre :
il est une autre classe d'hommes auprès de laquelle il est encore plus sûr
d'un heureux succès, par cette même
raison qu'il ne coûte rien. — Auprès
de qui donc ? Eh ! quoi, vous le de-
mandez ! C'est auprès des gens riches.
D'ailleurs, de quelle ressource cette
nouvelle manière de voyager n'est-
elle pas pour les malades ? Ils n'auront
point à craindre l'intempérie de l'air

et des saisons ; — pour les poltrons ,
ils seront à l'abri des voleurs, ils ne
rencontreront ni précipices ni fon-
drières. Des milliers de personnes
qui, avant moi, n'avoient point osé,
d'autres qui n'avoient pu, d'autres
enfin qui n'avoient pas songé à voyager, vont s'y résoudre à mon exemple. L'être le plus indolent hésiteroit-
il de se mettre en route avec moi
pour se procurer un plaisir qui ne
lui coûtera ni peine ni argent ? —
Courage donc, partons ; — suivez-
moi, vous tous qu'une mortification
de l'amour, une négligence de l'amitié, retiennent dans votre appartement, loin de la petitesse et de la
perfidie des hommes. — Que tous les
malheureux, les malades, et les ennuyés de l'univers me suivent, —
que tous les paresseux se lèvent en

masse : — et vous qui roulez dans
votre esprit des projets sinistres de
réforme ou de retraite pour quelque
infidélité ; vous qui, dans un bou-
doir, renoncez au monde pour la vie :
aimables anachorètes d'une soirée,
venez aussi, quittez, croyez-moi,
ces noires idées ; vous perdez un
instant pour le plaisir, sans en gagner
un pour la sagesse ; daignez m'ac-
compagner dans mon voyage, nous
marcherons à petites journées, en
riant le long du chemin des voyageurs qui ont vu Rome et Paris ; —
aucun obstacle ne pourra nous arrêter, et, nous livrant gaiement à
notre imagination, nous la suivrons
partout où il lui plaira de nous conduire.

CHAPITRE III.

IL y a tant de personnes curieuses dans le monde. — Je suis persuadé qu'on voudroit savoir pourquoi mon voyage autour de ma chambre a duré quarante-deux jours, au lieu de quarante-trois, ou de tout autre espace de temps ; mais comment l'apprendrai-je au lecteur, puisque je l'ignore moi-même? Tout ce que je puis assurer, c'est que si l'ouvrage est trop long à son gré, il n'a pas dépendu de moi de le rendre plus court : toute vanité de voyageur à part, je me serois contenté d'un chapitre. J'étois, il est vrai, dans ma chambre avec

tout le plaisir et l'agrément possible ;
mais, hélas ! je n'étois pas le maître
d'en sortir à ma volonté : je crois
même que sans l'entremise de certaines personnes puissantes qui s'in-
téressoient à moi, et pour lesquelles
ma reconnoissance n'est pas éteinte,
j'aurois eu tout le temps de mettre
un *in-folio* au jour, tant les protec-
teurs qui me faisoient voyager dans
ma chambre étoient disposés en ma
faveur.

Et cependant, lecteur raisonnable,
voyez combien ces hommes avoient
tort ; et saisissez bien, si vous le
pouvez, la logique que je vais vous
exposer.

Est-il rien de plus naturel et de
plus juste que de se couper la gorge
avec quelqu'un qui vous marche sur
le pied par inadvertance, ou bien

qui laisse échapper quelque terme
piquant dans un moment de dépit,
dont votre imprudence est la cause,
ou bien enfin qui a le malheur de
plaire à votre maîtresse?

On va dans un pré, et là, comme
Nicole faisoit avec le bourgeois gen-
tilhomme, on essaie de tirer quarte,
lorsqu'il pare tierce; et, pour que la
vengeance soit sûre et complète, on
lui présente la poitrine découverte,
et on court risque de se faire tuer
par son ennemi pour se venger de
lui. — On voit que rien n'est plus
conséquent, et toutefois on trouve
des gens qui désapprouvent cette
louable coutume! Mais ce qui est
aussi conséquent que tout le reste,
c'est que ces mêmes personnes qui la
désapprouvent, et qui veulent qu'on
la regarde comme une faute grave,

traiteroient encore plus mal celui qui refuseroit de la commettre. Plus d'un malheureux, pour se conformer à leur avis, a perdu sa réputation et son emploi ; en sorte que lorsqu'on a le malheur d'avoir ce qu'on appelle une affaire, on ne feroit pas mal de tirer au sort pour savoir si on doit la finir suivant les lois ou suivant l'usage ; et comme les lois et l'usage sont contradictoires, les juges pourroient aussi jouer leur sentence aux dez ; — et probablement aussi c'est à une décision de ce genre qu'il faut recourir pour expliquer pourquoi et comment mon voyage a duré quarante-deux jours justes.

CHAPITRE IV.

Ma chambre est située sous le qua-
rante-huitième degré de latitude, selon les mesures du père Beccaria ; sa
direction est du levant au couchant ;
elle forme un carré long qui a trente-
six pas de tour, en rasant la muraille de bien près. Mon voyage en
contiendra cependant davantage; car
je la traverserai souvent en long et
en large, ou bien diagonalement,
sans suivre de règle ni de méthode.
— Je ferai même des zig-zags, et je
parcourrai toutes les lignes possibles
en géométrie, si le besoin l'exige. Je
n'aime pas les gens qui sont si fort

les maîtres de leurs pas et de leurs
idées, qui disent : aujourd'hui, je
ferai trois visites, j'écrirai quatre lettres, je finirai cet ouvrage que j'ai
commencé. — Mon âme est tellement ouverte à toutes sortes d'idées,
de goûts et de sentiments ; elle reçoit
si avidement tout ce qui se présente,
que : — et pourquoi refuseroit-elle
les jouissances qui sont éparses sur
le chemin difficile de la vie ; elles
sont si rares, si clair-semées, qu'il
faudroit être fou pour ne pas s'arrêter, se détourner même de son chemin pour cueillir toutes celles qui
sont à notre portée. Il n'en est pas
de plus attrayante, selon moi, que
de suivre ses idées à la piste, comme
le chasseur poursuit le gibier, sans
affecter de tenir aucune route ; aussi,
lorsque je voyage dans ma cham-

bre, je parcours rarement une ligne
droite; je vais de ma table vers un
tableau qui est placé dans un coin,
de là je pars obliquement pour aller
à la porte; mais quoiqu'en partant
mon intention soit bien de m'y rendre, si je rencontre mon fauteuil en
chemin, je ne fais pas de façons, et
je m'y arrange tout de suite. — C'est
un excellent meuble qu'un fauteuil,
il est surtout de la dernière utilité
pour tout homme méditatif. Dans
les longues soirées d'hiver, il est
quelquefois doux, et toujours pru-
dent de s'y étendre mollement, loin
du fracas des assemblées nombreuses.
— Un bon feu, des livres, des plumes, que de ressources contre l'ennui! et quel plaisir encore d'oublier
ses livres et ses plumes pour tison-
ner son feu, en se livrant à quelque

douce méditation, — ou en arran-
geant quelques rimes pour égayer
ses amis ; les heures glissent alors
sur vous, et tombent en silence dans
l'éternité, sans vous faire sentir leur
triste passage.

———

CHAPITRE V.

Après mon fauteuil, en marchant vers le nord, on découvre mon lit, qui est placé au fond de ma chambre, et qui forme la plus agréable perspective : il est situé de la manière la plus heureuse ; les premiers rayons du soleil viennent se jouer dans mes rideaux. — Je les vois, dans les beaux jours d'été, s'avancer le long de la muraille blanche, à mesure que le soleil s'élève ; les ormes qui sont devant ma fenêtre les divisent de mille manières, et les font balancer sur mon lit, couleur de rose et blanc, qui répand de tous

3

côtés une teinte charmante par leur réflexion. — J'entends le gazouillement confus des hirondelles, qui se sont emparées du toit de la maison, et des autres oiseaux qui habitent les ormes ; alors mille idées riantes occupent mon esprit, et dans l'univers entier personne n'a un réveil aussi agréable, aussi paisible que le mien. —

J'avoue que j'aime à jouir de ces doux instants, et que je prolonge toujours, autant qu'il est possible, le plaisir que je trouve à méditer dans la douce chaleur de mon lit. — Est-il de théâtre qui prête plus à l'imagination, qui réveille de plus tendres idées que le meuble où je m'oublie quelquefois ? — Lecteur modeste, ne vous effrayez point ; — mais ne pourrai-je donc parler du bonheur d'un amant, qui serre, pour la première fois, dans ses bras une épouse vertueuse ! plaisir ineffable, que mon mauvais destin me condamne à ne jamais goûter ! N'est-ce pas dans un lit qu'une mère, ivre de joie à la naissance d'un fils, oublie ses douleurs ? C'est-là que les plaisirs fantastiques, fruits de l'imagination et de l'espérance, viennent nous agiter. — Enfin, c'est dans ce meuble délicieux que nous oublions, pendant une moitié de la vie, les chagrins de l'autre moitié. — Mais quelle foule de pensées agréables et tristes se pressent à la fois dans mon cerveau ! mélange étonnant de situations terribles et délicieuses !

Un lit nous voit naître et nous voit mourir ; c'est le théâtre variable où le genre humain joue tour à tour des

drames intéressants, des farces risi-
bles, et des tragédies épouvantables.
— C'est un berceau garni de fleurs ;
— c'est le trône de l'amour ; — c'est
un sépulcre.

CHAPITRE VI.

CE chapitre n'est absolument que pour les métaphysiciens. Il va jeter le plus grand jour sur la nature de l'homme : c'est le prisme avec lequel on pourra analyser et décomposer les facultés de l'homme, en séparant la puissance animale des rayons purs de l'intelligence.

Il me seroit impossible d'expliquer comment et pourquoi je me brûlai les doigts aux premiers pas que je fis en commençant mon voyage, sans expliquer, dans le plus grand détail, au lecteur mon système de l'*Ame et de la Béte*. — Cette découverte métaphysique influe d'ailleurs tellement sur mes idées et sur mes actions, qu'il seroit très difficile de comprendre ce livre, si je n'en donnois la clef au commencement.

Je me suis aperçu, par diverses observations, que l'homme est composé d'une âme et d'une bête. — Ces deux êtres sont absolument distincts, mais tellement emboîtés l'un dans l'autre, ou l'un sur l'autre, qu'il faut que l'âme ait une certaine supériorité sur la bête pour être en état d'en faire la distinction.

Je tiens d'un vieux professeur (c'est du plus loin qu'il me souvienne) que Platon appeloit la matière *l'autre*. C'est fort bien; mais j'aimerois mieux donner ce nom par excellence à la bête qui est jointe à notre âme. C'est réellement cette substance qui est *l'autre*, et qui nous lutine d'une ma-

nière si étrange. On s'aperçoit bien
en gros que l'homme est double; mais
c'est, dit-on, parce qu'il est composé
d'une âme et d'un corps; et l'on ac-
cuse ce corps de je ne sais combien
de choses, bien mal à propos assuré-
ment, puisqu'il est aussi incapable
de sentir que de penser. C'est à la
bête qu'il faut s'en prendre, à cet
être sensible, parfaitement distinct
de l'âme, véritable individu, qui a
son existence séparée, ses goûts, ses
inclinations, sa volonté, et qui n'est
au-dessus des autres animaux, que
parce qu'il est mieux élevé, et pourvu d'organes plus parfaits.

Messieurs et Mesdames, soyez fiers
de votre intelligence tant qu'il vous
plaira; mais défiez-vous beaucoup
de l'*autre*, surtout quand vous êtes
ensemble.

J'ai fait je ne sais combien d'expériences sur l'union de ces deux créatures hétérogènes. Par exemple, j'ai reconnu clairement que l'âme peut se faire obéir par la bête, et que, par un fâcheux retour, celle-ci oblige très souvent l'âme d'agir contre son gré. Dans les règles, l'une a le pouvoir législatif, et l'autre le pouvoir exécutif ; mais ces deux pouvoirs se contrarient souvent. — Le grand art d'un homme de génie est de savoir bien élever sa bête, afin qu'elle puisse aller seule, tandis que l'âme, délivrée de cette pénible accointance, peut s'élever jusqu'au ciel.

Mais il faut éclaircir ceci par un exemple.

Lorsque vous lisez un livre, Monsieur, et qu'une idée plus agréable entre tout à coup dans votre imagination, votre âme s'y attache tout de suite et oublie le livre, tandis que vos yeux suivent machinalement les mots et les lignes ; vous achevez la page sans la comprendre et sans vous souvenir de ce que vous avez lu : — cela vient de ce que votre âme, ayant ordonné à sa compagne de lui faire la lecture, ne l'a point avertie de la petite absence qu'elle alloit faire ; en sorte que l'*autre* continuoit la lecture que votre âme n'écoutoit plus.

~~~~~~~~~~~~~~~~~~~~~~~~~~~~~~

CHAPITRE VII.

Cela ne vous paroît-il pas clair?
Voici un autre exemple.

Un jour de l'été passé je m'acheminai pour aller à la cour à l'heure
de l'ordre. J'avois peint toute la journée, et mon âme se plaisant à méditer sur la peinture, laissa le soin
à la bête de me transporter au palais
du roi.

Que la peinture est un art sublime,
pensoit mon âme ! heureux celui que
le spectacle de la nature a touché,
qui n'est pas obligé de faire des tableaux pour vivre ; qui ne peint pas
uniquement par passe-temps, mais

qui, frappé de la majesté d'une belle
physionomie, et des jeux admirables
de la lumière, qui se fond en mille
teintes sur le visage humain, tâche
d'approcher, dans ses ouvrages, des
effets sublimes de la nature! Heureux
encore le peintre que l'amour du
paysage entraîne dans des prome-
nades solitaires, qui sait exprimer,
sur la toile, le sentiment de tristesse
que lui inspirent un bois sombre ou
une campagne déserte. Ses produc-
tions imitent et reproduisent la nature; il crée des mers nouvelles et
et de noires cavernes inconnues au
soleil : à son ordre, des bocages, toujours verts, sortent du néant, l'azur
du ciel se réfléchit dans ses tableaux;
il connoît l'art de troubler les airs et
de faire mugir les tempêtes. D'autres
fois, il offre à l'oeil du spectateur

étonné les campagnes délicieuses de
l'antique Sicile : on voit des nym-
phes éperdues fuyant, à travers les
roseaux, la poursuite d'un satyre :
des temples d'une architecture ma-
jestueuse, élèvent leurs fronts super-
bes par-dessus la forêt sacrée qui les
entoure : l'imagination se perd dans
les routes silencieuses de ce pays
idéal ; les lointains bleuâtres se con-
fondent avec le ciel ; et le paysage
entier, se répétant dans les eaux d'un
fleuve tranquille, forme un spectacle qu'aucune langue ne peut décrire.
— Pendant que mon âme faisoit ces
réflexions, l'*autre* alloit son train ;
et Dieu sait où elle alloit ! — Au lieu
de se rendre à la cour, comme elle
en avoit reçu l'ordre, elle dériva
tellement sur la gauche, qu'au moment où mon âme la ratrappa, elle

étoit à la porte de mad. de Hautcastel , à un demi-mille du Palais-
royal.

Je laisse penser au lecteur ce qui
seroit arrivé si elle étoit entrée toute
seule chez une aussi belle dame.

———

CHAPITRE VIII.

S'IL est utile et agréable d'avoir une
âme dégagée de la matière au point
de la faire voyager toute seule lorsqu'on le juge à propos , cette faculté
a aussi ses inconvénients. C'est à elle,
par exemple, que je dois la brûlure
dont j'ai parlé dans les chapitres précédents. — Je donne ordinairement
à ma bête le soin des apprêts de mon
déjeûné ; c'est elle qui fait griller
mon pain , et le coupe en tranches.
Elle fait à merveille le café , et le
prend même très souvent sans que
mon âme s'en mêle , à moins que
celle-ci ne s'amuse à la voir travail-

ler ; mais cela est rare et très difficile
à exécuter : car il est aisé, lorsqu'on
fait quelque opération mécanique,
de penser à toute autre chose ; mais
il est extrêmement difficile de se regarder agir, pour ainsi dire ; — ou,
pour m'expliquer suivant mon système, d'employer son âme à examiner la marche de sa bête, et de la
voir travailler sans y prendre part.
— Voilà le plus étonnant tour de
force métaphysique que l'homme
puisse exécuter.

J'avois couché mes pincettes sur la
braise pour faire griller mon pain,
et quelque temps après, tandis que
mon âme voyageoit, voilà qu'une
souche enflammée roule sur le foyer;
— ma pauvre bête porta la main
aux pincettes, et je me brûlai les
doigts.

CHAPITRE IX.

J'ESPÈRE avoir suffisamment dé-
veloppé mes idées dans les chapitres
précédents, pour donner à penser au
lecteur, et pour le mettre à même de
faire des découvertes dans cette brillante carrière : il ne pourra qu'être
satisfait de lui s'il parvient un jour à
savoir faire voyager son âme toute
seule ; les plaisirs que cette faculté
lui procurera, balanceront de reste
les *quiproquo* qui pourront en ré-
sulter. Est-il de jouissance plus flat-
teuse que celle d'étendre ainsi son
existence, d'occuper à la fois la terre
et les cieux, et de doubler, pour

ainsi dire, son être? — Le désir éter-
nel, et jamais satisfait de l'homme,
n'est-il pas d'augmenter sa puissance
et ses facultés, de vouloir être où il
n'est pas, de rappeler le passé, et de
vivre dans l'avenir? — Il veut com-
mander les armées, présider aux
académies; il veut être adoré des
belles; et s'il possède tout cela, il
regrette alors les champs et la tranquillité, et porte envie à la cabane
des bergers : ses projets, ses espé-
rances échouent sans cesse contre les
malheurs réels attachés à la nature
humaine : il ne sauroit trouver le
bonheur. — Un quart-d'heure de
voyage avec moi lui en montrera le
chemin.

Eh! que ne laisse-t-il à l'*autre* ces
misérables soins, cette ambition qui
le tourmente! — Viens, pauvre mal-

heureux! fais un effort pour rompre ta prison, et du haut du ciel où je vais te conduire, du milieu des ombres célestes et de l'empirée, — regarde ta bête lancée dans le monde, courir toute seule la carrière de la fortune et des honneurs : vois avec quelle gravité elle marche parmi les hommes ; la foule s'écarte avec respect : et, crois-moi, personne ne s'apercevra qu'elle est toute seule ; c'est le moindre souci de la cohue au milieu de laquelle elle se promène, de savoir si elle a une âme ou non, si elle pense ou non. — Mille femmes sentimentales l'aimeront à la fureur sans s'en apercevoir ; elle peut même s'élever, sans le secours de ton âme, à la plus haute faveur, et à la plus grande fortune. — Enfin je ne m'étonnerois nullement si, à notre retour de l'empirée, ton âme, en rentrant chez elle, se trouvoit dans la bête d'un grand seigneur.

~~~~~~~~~~~~~~~~~~~~~~~~~~~~~

CHAPITRE X.

Qu'on n'aille pas croire qu'au lieu de tenir ma parole, en donnant la description de mon voyage autour de ma chambre, je bats la campagne pour me tirer d'affaire; on se tromperoit fort, car mon voyage continue réellement; et pendant que mon âme, se repliant sur elle-même, parcouroit, dans le chapitre précédent, les détours tortueux de la métaphysique, — j'étois dans mon fauteuil, sur lequel je m'étois renversé de ma-

nière que ses deux pieds antérieurs
étoient élevés à deux pouces de terre;
et tout en me balançant à droite et à
gauche, et gagnant du terrein, j'é-
tois insensiblement parvenu tout près
de la muraille : — C'est la manière
dont je voyage lorsque je ne suis pas
pressé; — là ma main s'étoit emparée machinalement du portrait de
mad. de Hautcastel, et l'*autre* s'amu-
soit à ôter la poussière qui le cou-
vroit. — Cette occupation lui donnoit
un plaisir tranquille, et ce plaisir se
faisoit sentir à mon âme, quoiqu'elle
fût perdue dans les vastes plaines du
ciel; car il est bon d'observer que,
lorsque l'esprit voyage ainsi dans l'espace, il tient toujours aux sens par
je ne sais quel lien secret; en sorte
que, sans se déranger de ses occupa-
tions, il peut prendre part aux jouis-

sances paisibles de l'*autre* ; mais si ce
plaisir augmente à un certain point,
ou si elle est frappée par quelque
spectacle inattendu , l'âme aussitôt
reprend sa place avec la vitesse de
l'éclair.

C'est ce qui m'arriva tandis que je
nettoyois le portrait.

A mesure que le linge enlevoit la
poussière et faisoit paroître des bou-
cles de cheveux blonds , et la guir-
lande de roses dont ils sont couron-
nés , mon âme, depuis le soleil où
elle s'étoit transportée , sentit un lé-
ger frémissement de plaisir, et par-
tagea sympathiquement la jouissance
de mon cœur. Cette jouissance devint moins confuse , et plus vive
lorsque le linge d'un seul coup dé-
couvrit le front éclatant de cette
charmante physionomie ; mon âme

fut sur le point de quitter les cieux
pour jouir du spectacle. Mais se fût-
elle trouvée dans les Champs-Elysées,
eût-elle assisté à un concert de ché-
rubins, elle n'y seroit pas demeurée
une demi-seconde lorsque sa compagne, prenant toujours plus d'intérêt
à son ouvrage, s'avisa de saisir une
éponge mouillée qu'on lui présentoit,
et de la passer tout à coup sur les
sourcils et les yeux, — sur le nez,
— sur les joues, — sur cette bouche.
— Ah! Dieu! le cœur me bat! —
sur le menton, sur le sein, ce fût
l'affaire d'un moment : toute la figure parut renaître et sortir du
néant. — Mon âme se précipita du
ciel comme une étoile tombante; elle
trouva l'*autre* dans une extase ravis-
sante, et parvint à l'augmenter en
la partageant. Cette situation singu-

lière et imprévue fit disparoître le
temps et l'espace pour moi. — J'exis-
tai pour un instant dans le passé, et
je rajeunis contre l'ordre de la nature. — Oui, la voilà cette femme
adorée, c'est elle, elle-même; je la
vois qui sourit, elle va parler, pour
dire qu'elle m'aime. — Quel regard!
viens que je te serre contre mon
cœur, âme de ma vie, ma seconde
existence! — viens partager mon
ivresse et mon bonheur. — Ce moment fut court, mais il fut ravissant;
la froide raison reprit bientôt son
empire, et dans l'espace d'un clin
d'œil je vieillis d'une année entière:
— mon cœur devint froid, glacé, et
je me trouvai de niveau avec la
foule des indifférents qui pèsent sur
le globe.

~~~~~~~~~~~~~~~~~~~~~~~~~~~~~~~~~~~~~~~

CHAPITRE XI.

———————

Il ne faut pas anticiper sur les événements: l'empressement de commu-
niquer au lecteur mon système de
l'âme et de la bête, m'a fait abandonner la description de mon lit
plutôt que je ne devois ; lorsque je
l'aurai terminée, je reprendrai mon
mon voyage à l'endroit où je l'ai in-
terrompu dans le chapitre précédent.
— Je vous prie seulement de vous
ressouvenir que nous avons laissé la
moitié de moi-même, tenant le portrait de mad. de Hautcastel tout près
de la muraille, à quatre pas de mon
bureau : j'avois oublié, en parlant

de mon lit, de conseiller à tout
homme qui le pourra d'avoir un lit
couleur de rose et blanc : il est certain que les couleurs influent sur
nous au point de nous égayer ou de
nous attrister suivant leurs nuances.
— Le rose et le blanc sont deux couleurs consacrées au plaisir et à la fé-
licité.—La nature en les donnant à
la rose lui a donné la couronne de
l'empire de Flore ; — et lorsque le
ciel veut annoncer une belle journée
au monde, il colore les nues de cette
teinte charmante au lever du soleil.

Un jour nous montions avec peine
le long d'un sentier rapide ; l'aimable
Rosalie étoit en avant : son agilité
lui donnoit des ailes ; nous ne pou-
vions la suivre : — tout à coup, ar-
rivée au sommet d'un tertre, elle se
tourna vers nous pour reprendre ha-

5

leine, et sourit à notre lenteur. —
Jamais, peut-être, les deux couleurs
dont je fais l'éloge, n'avoient ainsi
triomphé. — Ses joues enflammées,
ses lèvres de corail, ses dents bril-
lantes, son cou d'albâtre, sur un
fond de verdure, frappèrent tous les
regards. Il fallut nous arrêter pour la
contempler; je ne dis rien de ses
yeux bleus, ni du regard qu'elle jeta
sur nous, parce que je sortirois de
mon sujet, et que d'ailleurs je n'y
pense jamais que le moins qu'il m'est
possible. Il me suffit d'avoir donné le
plus bel exemple possible de la supériorité de ces deux couleurs sur toutes
les autres, et de leur influence sur le
bonheur des hommes.

Je n'irai pas plus avant aujour-
d'hui. Quel sujet pourrai-je traiter
qui ne fût insipide? Quelle idée n'est

pas effacée par cette idée ? — Je ne
sais même quand je pourrai me remettre à l'ouvrage. — Si je le continue, et que le lecteur désire en voir
la fin, qu'il s'adresse à l'ange distri-
buteur des pensées, et qu'il le prie
de ne plus mêler l'image de ce tertre
parmi la foule des pensées décousues
qu'il me jette à tout instant.

Sans cette précaution, c'en est fait
de mon voyage.

~~~~~~~~~~~~~~~~~~~~~~~~~~~~~~~~~~~

CHAPITRE XII.

le Tertre

~~~~~~~~~~~~~~~~~~~~~~~~~~~~~~~~~~~

CHAPITRE XIII.

Mes efforts sont vains : il faut remettre la partie, et séjourner ici malgré moi ; c'est une étape militaire.

CHAPITRE XIV.

J'ai dit que j'aimois singulièrement à méditer dans la douce chaleur de mon lit, et que sa couleur agréable contribue beaucoup au plaisir que j'y trouve.

Pour me procurer ce plaisir, mon domestique a ordre d'entrer dans ma chambre une demi-heure avant celle où j'ai résolu de me lever. Je l'entends marcher légèrement et tripoter dans ma chambre avec discrétion, et ce bruit me donne l'agrément de me sentir sommeiller : plaisir délicat et inconnu de bien des gens ! On est assez éveillé pour s'apercevoir qu'on ne l'est pas tout-à-fait, et pour cal-

culer confusément que l'heure des
affaires et des ennuis est encore dans
le sablier du temps. Insensiblement
mon homme devient plus bruyant;
il est si difficile de se contraindre !
d'ailleurs il sait que l'heure fatale
s'approche. — Il regarde à ma montre
et fait sonner les breloques pour
m'avertir, mais je fais la sourde
oreille ; et, pour allonger encore cette
heure charmante, il n'est sorte de
chicanes que je ne fasse à ce pauvre
malheureux. — J'ai cent ordres pré-
liminaires à lui donner pour gagner
du temps. Il sait fort bien que ces
ordres que je lui donne d'assez mau-
vaise humeur, ne sont que des pré-
textes pour rester au lit sans paroître
le désirer. Il ne fait pas semblant de
s'en apercevoir, et je lui en suis
vraiment reconnoissant.

Enfin, lorsque j'ai épuisé toutes mes ressources, il s'avance au milieu de la chambre, et se plante là, les bras croisés, dans la plus parfaite immobilité.

On m'avouera qu'il n'est pas possible de désapprouver ma paresse avec plus d'esprit et de discrétion ; aussi je ne résiste jamais à cette invitation tacite ; j'étends les bras pour lui témoigner que j'ai compris, et me voilà assis.

Si le lecteur réfléchit sur la conduite de mon domestique, il pourra se convaincre que, dans certaines affaires délicates du genre de celle-ci, la simplicité et le bon sens valent infiniment mieux que l'esprit le plus adroit. J'ose assurer que le discours le plus étudié sur les inconvénients de la paresse, ne me décideroit pas à sortir aussi promptement de mon lit que le reproche muet de monsieur Joannetti.

C'est un parfait honnête homme que monsieur Joannetti, et en même temps celui de tous les hommes qui convenoit le plus à un voyageur comme moi. Il est accoutumé aux fréquents voyages de mon âme, et ne rit jamais des inconséquences de l'autre ; il la dirige même quelquefois lorsqu'elle est seule, en sorte qu'on pourroit dire alors qu'elle est conduite par deux âmes. Lorsqu'elle s'habille, par exemple, il l'avertit par un signe qu'elle est sur le point de mettre ses bas à l'envers, ou son habit avant sa veste. — Mon âme s'est souvent amusée à voir le pauvre Joannetti courir après la folle sous les berceaux de la citadelle pour

l'avertir qu'elle avoit oublié son cha-
peau ; — une autre fois son mouchoir.

Un jour (l'avouerai-je) sans ce
fidèle domestique, qui la ratrappa
au bas de l'escalier , l'étourdie s'ache-
minoit vers la cour, sans épée, aussi
hardiment que le grand-maître des
cérémonies portant l'auguste ba-
guette.

CHAPITRE XV.

———

TIENS, Joannetti, lui dis-je, rac-
croche ce portrait ; — il s'étoit aidé
à le nettoyer, et ne se doutoit non
plus de tout ce qui a produit le chapitre du portrait, que de ce qui se
passe dans la lune. C'étoit lui qui,
de son propre mouvement, m'avoit
présenté l'éponge mouillée, et qui,
par cette démarche en apparence
indifférente, avoit fait parcourir à
mon âme cent millions de lieues en
un instant. Au lieu de le remettre à
sa place, il le tenoit pour l'examiner
à son tour. — Une difficulté, un
problème à résoudre lui donnoit un
air de curiosité que je remarquai. —

Voyons, lui dis-je, que trouves-tu
à redire dans ce portrait ? Oh ! rien,
Monsieur. — Mais encore ? — Il le
posa debout sur une des tablettes de
mon bureau ; puis, s'éloignant de
quelques pas, je voudrois, dit-il,
que Monsieur m'expliquât pourquoi
ce portrait regarde toujours, quel
que soit l'endroit de la chambre où
l'on se trouve le matin, lorsque je
fais le lit, la figure se tourne vers
moi, et si je vais à la fenêtre, elle
me regarde encore et me suit des
yeux en chemin ; —en sorte, Joannetti, lui dis-je, que si ma chambre
étoit pleine de monde, cette belle
dame lorgneroit de tout côté et tout
le monde à la fois. — Oh ! oui, Monsieur. — Elle souriroit aux allants
et aux venants tout comme à moi. —
Joannetti ne répondit rien. — Je

m'étendis dans mon fauteuil, et baissant ma tête, je me livrai aux méditations les plus sérieuses. — Quel trait de lumière ! Pauvre amant ! tandis que tu te morfonds loin de ta maîtresse, auprès de laquelle tu es peut-être déjà remplacé ; tandis que tu fixes avidement tes yeux sur son portrait et que tu t'imagines (au moins en peinture) être le seul regardé, — la perfide effigie, aussi infidèle que l'original, porte ses regards sur tout ce qui l'entoure, et sourit à tout le monde.

Voilà une ressemblance morale entre certains portraits et leurs modèles, qu'aucun philosophe, aucun peintre, aucun observateur n'avoit encore aperçue.

Je marche de découvertes en découvertes.

CHAPITRE XVI.

Joannetti étoit toujours dans la même attitude en attendant l'explication qu'il m'avoit demandée. Je sortis la tête des plis de mon habit de voyage où je l'avois enfoncée pour méditer plus à mon aise, et après un moment de silence, pour me remettre des tristes réflexions que je venois de faire : — Ne vois-tu pas, Joannetti, lui dis-je, en tournant mon fauteuil de son côté, ne vois-tu pas qu'un tableau étant une surface plane, les rayons de lumière qui partent de chaque point de cette surface....? — Joannetti, à cette explica-

6

tion, ouvrit tellement les yeux,
qu'il en laissoit voir la prunelle toute
entière ; il avoit en outre la bouche
entr'ouverte : ces deux mouvements
dans la figure humaine annoncent,
selon le fameux Le Brun, le dernier
période de l'étonnement. C'étoit ma
bête, sans doute, qui avoit entrepris
une semblable dissertation ; mon
âme savoit de reste que Joannetti
ignore complètement ce que c'est
qu'une surface plane, et encore plus
ce que sont des rayons de lumière : la
prodigieuse dilatation de ses pau-
pières m'ayant fait rentrer en moi-
même, je remis la tête dans le collet
de mon habit de voyage, et je l'y
enfonçai tellement, que je parvins à
la cacher presque toute entière.

Je résolus de dîner en cet endroit ;
la matinée étoit fort avancée ; un pas

de plus dans ma chambre auroit porté
mon dîné à la nuit. Je me glissai
jusqu'au bord de mon fauteuil, et
mettant les deux pieds sur la cheminée, j'attendis patiemment le repas.
— C'est une attitude délicieuse que
celle-là : il seroit, je crois, bien difficile d'en trouver une autre qui
réunît autant d'avantages, et qui
fût aussi commode pour les séjours
inévitables dans un long voyage.

Rosine, ma chienne fidèle, ne
manque jamais de venir alors tirailler
les basques de mon habit de voyage,
pour que je la prenne sur moi ; elle
y trouve un lit tout arrangé et fort
commode au sommet de l'angle que
forment les deux parties de mon
corps : un V consonne représente à
merveille ma situation. Rosine s'é-
lance sur moi, si je ne la prends pas

assez tôt à son gré. Je la trouve souvent là sans savoir comment elle y est venue. Mes mains s'arrangent d'elles-mêmes de la manière la plus favorable à son bien-être ; soit qu'il y ait une sympathie entre cette aimable bête et la mienne ; soit que le hasard seul en décide. — Mais je ne crois point au hasard, à ce triste système, — à ce mot qui ne signifie rien. — Je croirois plutôt au magnétisme ; — je croirois plutôt au martinisme. — Non, je n'y croirai jamais.

Il y a une telle réalité dans les rapports qui existent entre ces deux animaux, que lorsque je mets les deux pieds sur la cheminée, par pure distraction ; lorsque l'heure du dîner est encore éloignée, et que je ne pense nullement à prendre l'étape, toutefois Rosine, présente à ce mou-

vement , trahit le plaisir qu'elle
éprouve en remuant légèrement la
queue : la discrétion la retient à sa
place ; et l'autre qui s'en aperçoit ,
lui en sait gré, quoique incapable de
raisonner sur la cause qui le produit.
Il s'établit ainsi entre elles un dialogue muet, un rapport de sensations
très agréable , et qui ne sauroit absolument être attribué au hasard.

CHAPITRE XVII.

Qu'on ne me reproche point d'être prolixe dans les détails ; c'est la manière des voyageurs. Lorsqu'on part pour monter sur le mont Blanc ; lorsqu'on va visiter la large ouverture du tombeau d'Empédocle, on ne manque jamais de décrire exactement les moindres circonstances : le nombre des personnes, celui des mulets, la qualité des provisions, l'excellent appétit des voyageurs, tout enfin, jusqu'aux faux pas des montures, est soigneusement enregistré dans le journal pour l'instruction de l'univers sédentaire.

Sur ce principe, j'ai résolu de parler de ma chère Rosine ; aimable animal que j'aime d'une véritable affection, et de lui consacrer un chapitre tout entier.

Depuis six ans que nous vivons ensemble, il n'y a pas eu le moindre refroidissement entre nous ; ou s'il s'est élevé entre elle et moi quelques petites altercations, j'avoue de bonne foi que le plus grand tort a toujours été de mon côté, et que Rosine a toujours fait les premiers pas vers la réconciliation.

Le soir, lorsqu'elle a été grondée, elle se retire tristement et sans murmurer : le lendemain, à la pointe du jour, elle est auprès de mon lit dans une attitude respectueuse, et au moindre mouvement de son maître, au premier signe du réveil, elle an-

nonce sa présence par les battements
précipités de sa queue sur ma table de
nuit.

Et pourquoi refuserois-je mon affection à cet être caressant qui n'a
jamais cessé de m'aimer depuis l'épo-
que où nous avons commencé de
vivre ensemble ? ma mémoire ne
suffiroit pas à faire l'énumération
des personnes qui se sont intéressées
à moi, et qui m'ont oublié. J'ai eu
quelques amis, plusieurs maîtresses,
une foule de liaisons, encore plus de
connoissances ; — et maintenant je
ne suis plus rien pour tout ce monde,
qui a oublié jusqu'à mon nom.

Que de protestations, que d'offres
de services ! Je pouvois compter sur
leur fortune, sur une amitié éternelle
et sans réserve !

Ma chère Rosine, qui ne m'a point

offert de services, me rend le plus grand service qu'on puisse rendre à l'humanité : elle m'aimoit jadis, et m'aime encore aujourd'hui. Aussi, je ne crains point de le dire, je l'aime avec une portion du même sentiment que j'accorde à mes amis. —

Qu'on en dise ce qu'on voudra.

CHAPITRE XVIII.

Nous avons laissé Joannetti dans l'attitude de l'étonnement, immobile devant moi, attendant la fin de la sublime explication que j'avois commencée.

Lorsqu'il me vit enfoncer tout à coup la tête dans ma robe de chambre, et finir ainsi mon explication, il ne douta pas un instant que je ne fusse resté court faute de bonnes raisons, et de m'avoir par conséquent terrassé par la difficulté qu'il m'avoit proposée.

Malgré la supériorité qu'il en acquéroit sur moi, il ne sentit pas le

moindre mouvement d'orgueil, et
ne chercha point à profiter de son
avantage. — Après un petit moment
de silence, il prit le portrait, le re-
mit à sa place, et se retira légèrement
sur la pointe du pied. — Il sentoit
bien que sa présence étoit une espèce
d'humiliation pour moi, et sa délica-
tesse lui suggéra de se retirer, sans
m'en laisser apercevoir. — Sa conduite, dans cette occasion, m'inté-
ressa vivement, et le plaça toujours
plus avant dans mon cœur. Il aura,
sans doute, une place dans celui du
lecteur ; et s'il en est quelqu'un assez
insensible pour la lui refuser après
avoir lu le chapitre suivant, le ciel
lui a sans doute donné un cœur de
marbre.

CHAPITRE XIX.

———

Morbleu ! lui dis-je un jour, c'est
pour la troisième fois que je vous or-
donne de m'acheter une brosse. Quelle
tête ! quel animal ! — Il ne répondit
pas un mot : il n'avoit rien répondu
la veille à une pareille incartade. Il
est si exact, disois-je ; je n'y conce-
vois rien. — Allez chercher un linge
pour nettoyer mes souliers, lui dis-
je en colère. Pendant qu'il alloit, je
me repentois de l'avoir ainsi brusqué.
— Mon courroux passa tout-à-fait,
lorsque je vis le soin avec lequel il
tâchoit d'ôter la poussière de mes
souliers, sans toucher à mes bas.

J'appuyai ma main sur lui en signe
de réconciliation. — Quoi ! dis-je
alors en moi-même, il y a donc des
hommes qui décrottent les souliers
des autres pour de l'argent ? — Ce
mot *d'argent* fut un trait de lumière
qui vint m'éclairer. Je me ressouvins
tout à coup qu'il y avoit long-temps
que je n'en avois point donné à mon
domestique. — Joannetti, lui dis-je,
en retirant mon pied, avez-vous de
l'argent ? — Un demi-sourire de jus-
tification parut sur ses lèvres à cette
demande. — Non, Monsieur, il y a
huit jours que je n'ai pas un sol ; j'ai
dépensé tout ce qui m'appartenoit
pour vos petites emplettes. — Et la
brosse ? — C'est sans doute pour
cela ?.... — Il sourit encore. — Il
auroit pu dire à son maître : « Non,
« je ne suis point une tête vuide, un

7

« animal, comme vous avez eu la
« cruauté de le dire à votre fidèle
« serviteur. Payez-moi 23 liv. 10 sols
« 4 den. que vous me devez, et je
« vous acheterai votre brosse ». — Il
se laissa maltraiter injustement plutôt
que d'exposer son maître à rougir de
sa colère.

Que le ciel le bénisse ! Philosophes !
chrétiens ! avez-vous lu ?

Tiens, Joannetti, lui dis-je, [...]
cours acheter la brosse. — Mais,
Monsieur, voulez-vous rester ainsi
avec un soulier blanc et l'autre noir ?
— Va, te dis-je, acheter la brosse,
laisse, laisse cette poussière sur [...]
soulier. — Il sortit ; je pris le linge,
et je nettoyai délicieusement mon
soulier gauche sur lequel je laissai
tomber une larme de repentir.

CHAPITRE XX.

Les murs de ma chambre sont garnis d'estampes et de tableaux qui l'embellissent singulièrement. Je voudrois de tout mon cœur les faire examiner au lecteur les uns après les autres, pour l'amuser et le distraire le long du chemin que nous devons encore parcourir pour arriver à mon bureau ; mais il est aussi impossible d'expliquer clairement un tableau que de faire un portrait ressemblant d'après une description.

Quelle émotion n'éprouveroit-il pas, par exemple, en contemplant la première estampe qui se présente

aux regards! — Il y verroit la malheureuse Charlotte, essuyant lente-
ment et d'une main tremblante les
pistolets d'Albert. — De noirs pres-
sentiments et toutes les angoisses de
l'amour, sans espoir et sans consola-
tion, sont empreintes sur sa physionomie; tandis que le froid Albert,
entouré de sacs de procès et de vieux
papiers de toute espèce, se retourne
froidement pour souhaiter un bon
voyage à son ami. Combien de fois
n'ai-je pas été tenté de briser la glace
qui couvre cette estampe pour arra-
cher cet Albert de sa table, pour le
mettre en pièces, le fouler aux pieds!
Mais il restera toujours trop d'Al-
berts en ce monde. Quel est l'homme
sensible qui n'a pas le sien avec lequel il est obligé de vivre, et contre
lequel les épanchements de l'âme,

les douces émotions du cœur, et les élans de l'imagination vont se briser comme les flots sur les rochers ? — Heureux celui qui trouve un ami, dont le cœur et l'esprit lui conviennent ; un ami qui s'unisse à lui par une conformité de goûts, de sentiments et de connoissances ; un ami qui ne soit pas tourmenté par l'ambition ou l'intérêt ; — qui préfère l'ombre d'un arbre à la pompe d'une cour. — Heureux celui qui possède un ami !

CHAPITRE XXI.

J'EN avois un; la mort me l'a ôté,
elle l'a saisi au commencement d
carrière, au moment où son am
étoit devenue un besoin p.
pour mon cœur. — Nous nou
tenions mutuellement dans les tr
vaux pénibles de la guerre;
n'avions qu'une pipe à nous
nous buvions dans la même c
nous couchions sous la même
et dans les circonstances malhe
ses où nous sommes, l'endroit
nous vivions ensemble, étoit
nous une nouvelle patrie. Je l'ai
en butte à tous les périls de la gue

et d'une guerre désastreuse. La mort sembloit nous épargner l'un pour l'autre ; elle épuisa mille fois ses traits autour de lui sans l'atteindre, mais c'étoit pour me rendre sa perte plus sensible. Le tumulte des armes, l'enthousiasme qui s'empare de l'âme à l'aspect du danger, auroient peut-être empêché ses cris d'aller jusqu'à mon cœur. — Sa mort eût été utile à son pays et funeste aux ennemis. — Je l'aurois moins regretté ; — mais le perdre au milieu des délices d'un quartier d'hiver ! le voir expirer dans mes bras au moment où il paroissoit regorger de santé ; au moment où notre liaison se resserroit encore dans le repos et la tranquillité ! — Ah ! je ne m'en consolerai jamais. Cependant sa mémoire ne vit plus que dans mon cœur ; elle n'existe plus parmi

ceux qui l'environnoient, et qui l'ont
remplacé ; cette idée me rend plus
pénible le sentiment de sa perte. La
nature, indifférente de même au sort
des individus, remet sa robe brillante
du printemps, et se pare de toute sa
beauté autour du cimetière où il re-
pose. Les arbres se couvrent de feuilles et entrelacent leurs branches, les
oiseaux chantent sous le feuillage ; les
mouches bourdonnent parmi les
fleurs ; tout respire la joie et la vie
dans le séjour de la mort : — et le
soir, tandis que la lune brille dans
le ciel, et que je médite près de ce
triste lieu, j'entends le grillon pour-
suivre gaîment son chant infatigable,
caché dans l'herbe qui couvre la
tombe silencieuse de mon ami. La
destruction insensible des êtres et
tous les malheurs de l'humanité sont

comptés pour rien dans le grand tout.
— La mort d'un homme sensible qui
expire au milieu de ses amis désolés,
et celle d'un papillon que l'air froid
du matin fait périr dans le calice
d'une fleur, sont deux époques semblables dans le cours de la nature.
L'homme n'est rien qu'un fantôme,
une ombre, une vapeur qui se dissipe
dans les airs.

Mais l'aube matinale commence à
blanchir le ciel ; les noires idées qui
m'agitoient s'évanouissent avec la
nuit, et l'espérance renaît dans mon
cœur. — Non, celui qui inonde ainsi
l'orient de lumière ne l'a point fait
briller à mes regards pour me plonger
bientôt dans la nuit du néant. Celui
qui étendit cet horizon incommensu-
rable, celui qui éleva ces masses
énormes, dont le soleil dore les som-

mets glacés, est aussi celui qui a ordonné à mon cœur de battre, et à
mon esprit de penser.

Non, mon ami n'est point entré
dans le néant : quelle que soit la
barrière qui nous sépare, je le re-
verrai. — Ce n'est point sur un syl-
logisme que je fonde mon espérance;
— Le vol d'un insecte qui traverse
les airs suffit pour me persuader, et
souvent l'aspect de la campagne, le
parfum des airs, et je ne sais quel
charme répandu autour de moi,
élèvent tellement mes pensées,
qu'une preuve invincible de l'im-
mortalité entre avec violence dans
mon âme et l'occupe toute entière.

CHAPITRE XXII.

Depuis long-temps le chapitre que je viens d'écrire se présentoit à ma plume, et je l'avois toujours rejeté. Je m'étois promis de ne laisser voir dans ce livre que la face riante de mon âme; mais ce projet m'a échappé comme tant d'autres ; j'espère que le lecteur sensible me pardonnera de lui avoir demandé quelques larmes ; et si quelqu'un trouve qu'à la vérité * j'aurois pu retrancher ce triste chapitre, il peut le déchirer

---

* Voyez le roman de Werther, lett. 28, 12 août.

dans son exemplaire, ou même jeter le livre au feu. —

Il me suffit que tu le trouves selon ton cœur, ma chère Jenny, toi, la meilleure et la plus aimée des femmes; — toi, la meilleure et la plus aimée des sœurs ; c'est à toi que je dédie mon ouvrage : s'il a ton approbation, il aura celle de tous les cœurs sensibles et délicats ; et si tu pardonnes aux folies qui m'échappent quelquefois malgré moi, je brave tous les censeurs de l'univers.

CHAPITRE XXIII.

Je ne dirai qu'un mot de l'estampe suivante.

C'est la famille du malheureux Ugolin, expirant de faim : autour de lui, un de ses fils est étendu sans mouvement à ses pieds ; les autres lui tendent leurs bras affoiblis, et lui demandent du pain, tandis que le malheureux père, appuyé contre une colonne de la prison, l'œil fixe et hagard, le visage immobile — dans l'horrible tranquillité que donne le dernier période du désespoir, meurt à la fois de sa propre mort et de celle de tous ses enfants, et souffre tout

8

ce que la nature humaine peut souffrir.

Brave chevalier d'Assas, te voilà
expirant sous cent baïonnettes, par
un effort de courage, par un héroïsme
qu'on ne connoît plus de nos jours.

Et toi qui pleures sous ces palmiers,
malheureuse négresse! toi qu'un bar-
bare, qui sans doute n'étoit pas An-
glois, a trahie et délaissée : — que
dis-je? toi, qu'il a eu la cruauté de
vendre comme une vile esclave,
malgré ton amour et tes services,
malgré le fruit de sa tendresse que tu
portois dans ton sein, — je ne passerai point devant ton image, sans te
rendre l'hommage qui est dû à ta
sensibilité et à tes malheurs.

Arrêtons-nous un instant devant
cet autre tableau : c'est une jeune
bergère qui garde toute seule son

troupeau sur le sommet des Alpes :
elle est assise sur un vieux tronc de
sapin renversé et blanchi par les hi-
vers : ses pieds sont recouverts par
les larges feuilles d'une touffe de
cacalia, dont la fleur lilas s'élève
au-dessus de sa tête. La lavande, le
thym, l'anémone, la centaurée ; des
fleurs de toute espèce qu'on cultive
avec peine dans nos serres et nos
jardins, et qui naissent sur les Alpes
dans toute leur beauté primitive,
forment le tapis brillant sur lequel
errent ses brebis. — Aimable bergère, dis-moi où se trouve l'heureux
coin de terre que tu habites ? De
quelle bergerie éloignée es-tu partie
ce matin au lever de l'aurore ? — Ne
pourrois-je y aller vivre avec toi ? —
Mais, hélas ! la douce tranquillité
dont tu jouis, ne tardera pas à s'éva-

nouir : le démon de la guerre, non content de désoler les cités, va bientôt porter le trouble et l'épouvante jusque dans ta retraite solitaire. Déjà les soldats s'avancent, je les vois gravir de montagnes en montagnes, et s'approcher des nues. — Le bruit du canon se fait entendre dans le séjour élevé du tonnerre. — Fuis, bergère, presse ton troupeau ; cache-toi dans les antres les plus reculés et les plus sauvages ; il n'est plus de repos sur cette triste terre.

CHAPITRE XXIV.

Je ne sais comment cela m'arrive, depuis quelque temps mes chapitres finissent toujours sur un ton sinistre. en vain je fixe, en les commençant, mes regards sur quelque objet agréable ; — en vain je m'embarque par le calme, j'essuie bientôt une bourrasque qui me fait dériver. — Pour mettre fin à cette agitation, qui ne me laisse pas le maître de mes idées, et pour apaiser les battements de mon cœur que tant d'images attendrissantes ont trop agité, je ne vois d'autre remède qu'une dissertation. — Oui, je veux mettre ce morceau de glace sur mon cœur.

Et cette dissertation sera sur la peinture ; car de disserter sur tout autre objet il n'y a point moyen. Je ne puis descendre tout-à-fait du point où j'étois monté tout à l'heure : d'ailleurs, c'est le *Dada* de mon oncle Tobie.

Je voudrois dire, en passant, quelques mots sur la question de la prééminence entre l'art charmant de la peinture et celui de la musique : oui, je veux mettre quelque chose dans la balance ; ne fût-ce qu'un grain de sable, un atome.

On dit en faveur du peintre qu'il laisse quelque chose après lui ; ses tableaux lui survivent et éternisent sa mémoire.

On répond, que les compositeurs en musique laissent aussi des opéras et des concerts : — mais la musique est sujette à la mode, et la peinture ne l'est pas. — Les morceaux de musique qui attendrissoient nos aïeux, sont ridicules pour les amateurs de nos jours, et on les place dans les opéras bouffons pour faire rire les neveux de ceux qu'ils faisoient pleurer autrefois.

Les tableaux de Raphaël enchanteront notre postérité, comme ils ont ravi nos ancêtres.

Voilà mon grain de sable.

~~~~~~

CHAPITRE XXV.

———

Mais que m'importe à moi, me dit un jour madame de Hautcastel, que la musique de Chérubini, ou de Cimarosa diffère de celle de leurs prédécesseurs ? — Que m'importe que l'ancienne musique me fasse rire, pourvu que la nouvelle m'attendrisse délicieusement ? — Est-il donc nécessaire à mon bonheur que mes plaisirs ressemblent à ceux de ma trisaïeule ? Que me parlez-vous de peinture, d'un art qui n'est goûté que par une classe très peu nombreuse de personnes, tandis que la

musique enchante tout ce qui respire !

Je ne sais pas trop dans ce moment
ce qu'on pourroit répondre à cette
observation à laquelle je ne m'atten-
dois pas en commençant ce chapitre.

Si je l'avois prévue, peut-être je
n'aurois pas entrepris cette dissertation. Et qu'on ne prenne point ceci
pour un tour de musicien. — Je ne
le suis point sur mon honneur ; —
non, je ne suis pas musicien ; j'en
atteste le ciel et tous ceux qui m'ont
entendu jouer du violon.

Mais en supposant le mérite de
l'art égal de part et d'autre, il ne
faudroit pas se presser de conclure
du mérite de l'art au mérite de l'ar-
tiste. — On voit des enfants toucher
du clavecin en grands maîtres ; on
n'a jamais vu un bon peintre de

douze ans. La peinture, outre le goût et le sentiment, exige une tête pensante dont les musiciens peuvent se passer. On voit tous les jours des hommes sans tête et sans cœur tirer d'un violon, d'une harpe, des sons ravissants.

On peut élever la bête humaine à toucher du clavecin, et lorsqu'elle est élevée par un bon maître, l'âme peut voyager tout à son aise, tandis que les doigts vont machinalement tirer des sons dont elle ne se mêle nullement. — On ne sauroit, au contraire, peindre la chose du monde la plus simple, sans que l'âme y emploie toutes ses facultés. —

Si cependant quelqu'un s'avisoit de distinguer entre la musique de composition et celle d'exécution, j'avoue qu'il m'embarrasseroit un peu. — Hélas ! si tous les faiseurs de dissertations étoient de bonne foi, c'est ainsi qu'elles finiroient toutes. — En commençant l'examen d'une question, on prend ordinairement le ton dogmatique, parce qu'on est décidé en secret, comme je l'étois réellement pour la peinture, malgré mon hypocrite impartialité ; mais la discussion réveille l'objection, — et tout finit par le doute.

~~~~~~~~~~~~~~~~~~~~~~~~~~~~~~~~~~~~~

CHAPITRE XXVI.

———

Maintenant que je suis plus tranquille, je vais tâcher de parler sans émotion des deux portraits qui suivent le tableau de la bergère des Alpes.

Raphaël ! ton portrait ne pouvait être peint que par toi-même. Quel autre eût osé l'entreprendre ? — Ta figure ouverte, sensible, spirituelle, annonce ton caractère et ton génie.

Pour complaire à ton ombre, j'ai placé auprès de toi le portrait de ta maîtresse, à qui tous les hommes de tous les siècles demanderont éternel-

lement compte des ouvrages sublimes
dont ta mort prématurée a privé les
arts.

Lorsque j'examine le portrait de
Raphaël je me sens pénétré d'un
respect presque religieux pour ce
grand homme, qui, à la fleur de
son âge, avoit surpassé toute l'antiquité, et dont les tableaux font l'ad-
miration et le désespoir des artistes
modernes. — Mon âme, en l'admi-
rant, éprouve un mouvement d'in-
dignation contre cette Italienne qui
préféra son amour à son amant, et
qui éteignit dans son sein ce flam-
beau céleste, ce génie divin.

Malheureuse! ne savois-tu donc
pas que Raphaël avoit annoncé un
tableau supérieur à celui de la Trans-
figuration ? — Ignorois-tu que tu
serrois dans tes bras le favori de la

nature, le père de l'enthousiasme,
un génie sublime , — un dieu ?

Tandis que mon âme fait ces observations , sa compagne , en fixant
un œil attentif sur la figure ravis-
sante de cette funeste beauté , se sent
toute prête à lui pardonner la mort
de Raphaël.

En vain , mon âme lui reproche
son extravagante foiblesse ; elle n'est
point écoutée. — Il s'établit entre ces
deux dames , dans ces sortes d'occa-
sions , un dialogue singulier qui finit
trop souvent à l'avantage du mauvais
principe, et dont je réserve un échan-
tillon pour un autre chapitre.

Et si mon âme , par exemple, ne
levoit brusquement la séance dans ce
moment, — si elle laissoit à l'*autre* le
loisir de contempler les formes arron-
dies et pleines de grâces de la belle

Romaine, l'intelligence perdroit mi-
sérablement sa suprématie.

Et si, dans cette situation critique,
j'obtenois tout à coup le privilége
accordé à l'heureux Pygmalion, —
sans avoir la moindre étincelle du
génie qui fait pardonner à Raphaël
ses égarements, je serois capable, —
oui, je serois capable de faire la
même mort que lui.

CHAPITRE XXVII.

Les estampes et les tableaux, dont
je viens de parler, pâlissent et dispa-
roissent au premier coup-d'œil qu'on
jette sur le tableau suivant ; les ouvrages immortels de Raphaël, de
Corrège, et de toute l'école d'Italie,
ne soutiendroient pas le parallèle :
aussi je le garde toujours pour le
dernier morceau, pour la pièce de
réserve, lorsque je procure à quelque
curieux le plaisir de voyager avec
moi, et je puis assurer que depuis que
je fais voir ce tableau sublime aux
connoisseurs et aux ignorants, aux
gens du monde, aux artisans, aux
femmes et aux enfants, aux animaux

mêmes ; j'ai toujours vu les specta-
teurs quelconques donner, chacun à
sa manière, des signes de plaisir et
d'étonnement, tant la nature y est
admirablement rendue.

Eh ! quel tableau pourroit-on vous
présenter, Messieurs? quel spectacle
pourroit-on mettre sous vos yeux,
Mesdames, plus sûr de votre suffrage
que la fidèle représentation de vous-
même? Le tableau dont je parle est
un miroir, et personne jusqu'à présent ne s'est encore avisé de le criti-
quer ; il est, pour tous ceux qui le
regardent, un tableau parfait auquel
il n'y a rien à redire.

On conviendra sans doute qu'il
doit être compté pour une des merveilles de la contrée où je me promène.

Je passerai sous silence le plaisir

qu'éprouve le physicien, méditant
sur les étranges phénomènes de la
lumière qui représente tous les objets
de la nature sur cette surface polie.
Le miroir présente au voyageur sédentaire mille réflexions intéressantes, mille observations qui le rendent
un objet utile est précieux.

Vous que l'amour a tenu ou tient
encore sous son empire, apprenez
que c'est devant un miroir qu'il
aiguise ses traits et médite ses cruau-
tés ; c'est là qu'il répète ses manœu-
vres, qu'il étudie ses mouvements,
qu'il se prépare d'avance à la guerre
qu'il veut déclarer ; c'est là qu'il
s'exerce aux doux regards, aux petites mines, aux bouderies savantes,
comme un acteur s'exerce en face de
lui-même avant de se présenter au
public.

Toujours impartial et vrai, un miroir renvoie aux yeux du specta-teur les roses de la jeunesse et les rides de l'âge, sans calomnier et sans flatter personne. — Seul entre tous les conseillers des grands, il leur dit constamment la vérité.

Cet avantage m'avoit fait désirer l'invention d'un miroir moral, où tous les hommes pourroient se voir avec leurs vices et leurs vertus. Je songeois même à proposer un prix à quelque académie pour cette décou-verte, lorsque de mûres réflexions m'en ont prouvé l'inutilité.

Hélas! il est si rare que la laideur se reconnoisse et casse le miroir! en vain les glaces se multiplient autour de nous, et réfléchissent avec une exactitude géométrique la lumière et la vérité, au moment où les rayons vont pénétrer dans notre œil, et nous peindre tels que nous sommes, l'amour - propre glisse son prisme trompeur entre nous et notre image, et nous présente une divinité.

Et de tous les prismes qui ont existé depuis le premier qui sortit des mains de l'immortel Newton, aucun n'a possédé une force de réfraction aussi puissante, et ne produit des couleurs aussi agréables et aussi vives que le prisme de l'amour-propre.

Or, puisque les miroirs communs annoncent en vain la vérité, et que chacun est content de sa figure, puisqu'ils ne peuvent faire connoître aux hommes leurs imperfections physiques, à quoi serviroit mon miroir moral? Peu de monde y jetteroit les

yeux, et personne ne s'y reconnoî-
troit. — Les philosophes seuls per-
droient leur temps à se mirer. —
J'en doute même un peu.

En prenant le miroir pour ce qu'il
est, j'espère que personne ne me
blâmera de l'avoir placé au-dessus de
tous les tableaux de l'école d'Italie.
Les dames, dont le goût ne sauroit
être faux, et dont la décision doit
tout régler, jettent ordinairement
leur premier coup-d'œil sur ce tableau lorsqu'elles entrent dans un
appartement. J'ai vu mille fois des
dames, et même des damoiseaux,
oublier au bal leurs amants ou leurs
maîtresses, la danse, et tous les plaisirs de la fête, pour contempler,
avec une complaisance marquée, ce
tableau enchanteur, — et l'honorer
même de temps à autre d'un coup-

d'œil au milieu de la contre-danse la plus animée.

Qui pourroit donc lui disputer le rang que je lui accorde parmi les chefs-d'œuvre de l'art d'Apelles ?

CHAPITRE XXVIII.

J'ÉTOIS enfin arrivé tout près de mon bureau ; déjà même, en allongeant le bras, j'aurois pu en toucher l'angle le plus voisin de moi, lorsque je me vis au moment de voir détruire le fruit de tous mes travaux, et de perdre la vie. — Je devrois passer sous silence l'accident qui m'arriva, pour ne pas décourager les voyageurs ; mais il est si difficile de verser dans la chaise de poste dont je me sers, qu'on sera forcé de convenir qu'il faut être malheureux au dernier point, — aussi malheureux que je le suis, pour courir un semblable danger.

Je me trouvai étendu par terre, complètement versé, et renversé, et cela si vite, si inopinément, que j'aurois été tenté de révoquer en doute mon malheur, si un tintement dans la tête, et une violente douleur à l'épaule gauche, ne m'en avoient trop évidemment prouvé l'authenticité.

Ce fut encore un mauvais tour de ma moitié. — Effrayée par la voix d'un pauvre qui demanda tout à coup l'aumône à ma porte, et par les aboiements de Rosine, elle fit tourner brusquement mon fauteuil, avant que mon âme eût le temps de l'avertir qu'il manquoit une brique derrière; l'impulsion fut si violente, que ma chaise de poste se trouva absolument hors de son centre de gravité, et se renversa sur moi.

Voici, je l'avoue, une des occa-
sions où j'ai eu le plus à me plaindre
de mon âme ; car au lieu d'être fâ-
chée de l'absence qu'elle venoit de
faire, et de tancer sa compagne sur
sa précipitation , elle s'oublia au
point de partager le ressentiment le
plus animal, et de maltraiter , de
paroles, ce pauvre innocent. — Fai-
néant ! allez travailler , lui dit-elle.
(Apostrophe exécrable , inventée
par l'avare et cruelle richesse !) —
Monsieur, dit-il alors pour m'atten-
drir, je suis de Chambéry. — Tant
pis pour vous. — Je suis Jacques ;
c'est moi que vous avez vu à la campagne ; c'est moi qui menois les
moutons aux champs. — Que venez
vous faire ici ? — Mon âme commençoit à se repentir de la brutalité
de mes premières paroles. — Je crois

même qu'elle s'en étoit repentie un instant avant de les laisser échapper. C'est ainsi que lorsqu'on rencontre inopinément dans sa course, un fossé ou un bourbier, on le voit, mais on n'a plus le temps de l'éviter.

Rosine acheva de me ramener au bon sens et au repentir : elle avoit reconnu Jacques qui avoit souvent partagé son pain avec elle, et lui témoignoit, par ses caresses, son souvenir et sa reconnoissance.

Pendant ce temps, Joannetti ayant rassemblé les restes de mon dîné, qui étoient destinés pour le sien, les donna, sans hésiter, à Jacques.

Pauvre Joannetti!

C'est ainsi que dans mon voyage je vais prenant des leçons de philosophie et d'humanité, de mon domestique et de mon chien.

CHAPITRE XXIX.

Avant d'aller plus loin, je veux détruire un doute qui pourroit s'être introduit dans l'esprit de mes lecteurs.

Je ne voudrois pas, pour tout au au monde, qu'on me soupçonnât d'avoir entrepris ce voyage uniquement pour ne savoir que faire, et forcé, en quelque manière, par les circonstances : j'assure ici, et je jure par tout ce qui m'est cher, que j'avois le dessein de l'entreprendre longtemps avant l'événement qui m'a fait perdre ma liberté pendant quarante-deux jours. Cette retraite forcée ne

fut qu'une occasion de me mettre en
route plutôt.

Je sais que la protestation gratuite
que je fais ici paroîtra suspecte à certaines personnes ; — mais je sais aussi
que les gens soupçonneux ne liront
pas ce livre ; — ils ont assez d'occupation chez eux et chez leurs amis ;
ils ont bien d'autres affaires, — et
les bonnes gens me croiront.

Je conviens cependant que j'aurois
préféré m'occuper de ce voyage dans
un autre temps, et que j'aurois choisi,
pour l'exécuter, le carême plutôt que
le carnaval : toutefois, des réflexions
philosophiques, qui me sont venues
du ciel, m'ont beaucoup aidé à sup-
porter la privation des plaisirs que
Turin présente en foule dans ces mo-
ments de bruit et d'agitation. — Il
est très sûr, me disois-je, que les murs

de ma chambre ne sont pas aussi magnifiquement décorés que ceux d'une salle de bal : le silence de ma cabine ne vaut pas l'agréable bruit de la musique et de la danse. Mais parmi les brillants personnages qu'on rencontre dans ces fêtes, il en est certainement de plus ennuyés que moi.

Et pourquoi m'attacherois-je à considérer ceux qui sont dans une situation plus agréable, tandis que le monde fourmille de gens plus malheureux que je ne le suis dans la mienne? — Au lieu de me transporter par l'imagination dans ce superbe casin, où tant de beautés sont éclipsées par la jeune Eugénie, pour me trouver heureux, je n'ai qu'à m'arrêter un instant le long des rues qui y conduisent. — Un tas d'infortunés,

couchés à demi-nus sous les portiques
de ces appartements somptueux,
semblent près d'expirer de froid et
de misère. — Quel spectacle ! Je
voudrois que cette page de mon livre
fût connue de tout l'univers ; je voudrois qu'on sût que dans cette ville,
où tout respire l'opulence, pendant
les nuits les plus froides de l'hiver,
une foule de malheureux dorment à
découvert, la tête appuyée contre une
borne ou sur le seuil d'un palais.

Ici, c'est un groupe d'enfants,
serrés les uns contre les autres pour
ne pas mourir de froid. — Là, c'est
une femme tremblante et sans voix
pour se plaindre. — Les passants
vont et viennent sans être émus d'un
spectacle auquel ils sont accoutumés.
— Le bruit des carrosses, la voix de
l'intempérance, les sons ravissants

de la musique se mêlent quelquefois
aux cris de ces malheureux , et forment une horrible dissonnance.

CHAPITRE XXX.

Celui qui se presseroit de juger une
ville d'après le chapitre précédent
se tromperoit fort. J'ai parlé des
pauvres qu'on y trouve, de leurs cris
pitoyables, et de l'indifférence de
certaines personnes à leur égard ;
mais je n'ai rien dit de la foule
d'hommes charitables qui dorment
pendant que les autres s'amusent,
qui se lèvent à la pointe du jour et
vont secourir l'infortune sans té-
moins et sans ostentation.— Non,

je ne passerai point cela sous silence :
— je veux l'écrire sur le revers de la
page que tout l'univers doit lire.

Après avoir ainsi partagé leur fortune avec leurs frères ; après avoir
versé le baume dans ces cœurs frois-
sés par la douleur, ils vont dans les
églises, tandis que le vice fatigué dort
sur l'édredon, offrir à Dieu leurs
prières, et le remercier de ses bienfaits : la lumière de la lampe solitaire
combat encore dans le temple celle
du jour naissant, et déjà ils sont
prosternés aux pieds des autels ; —
et l'Eternel, irrité de la dureté et de
l'avarice des hommes, retient sa
foudre prête à frapper.

CHAPITRE XXXI.

J'ai voulu dire quelque chose de ces malheureux dans mon voyage, parce que l'idée de leur misère est souvent venue me distraire en chemin. Quelquefois, frappé de la différence de leur situation et de la mienne, j'arrêtois tout à coup ma berline, et ma chambre me paroissoit prodigieusement embellie. Quel luxe inutile ! Six chaises ! deux tables ! un bureau ! un miroir ! Quelle ostentation ! Mon lit surtout, mon lit couleur de rose et blanc, et mes deux matelas, me sembloient défier la magnificence et la mollesse des monarques de l'Asie.

— Ces réflexions me rendoient indifférents les plaisirs qu'on m'avoit dé-
fendus. Et de réflexions en réflexions,
mon accès de philosophie devenoit
tel que j'aurois vu un bal dans la
chambre voisine ; que j'aurois entendu le son des violons et des clari-
nettes , sans remuer de ma place ; —
j'aurois entendu de mes deux oreilles
la voix mélodieuse de Marchesini,
cette voix qui m'a si souvent mis hors
de moi-même. — Oui , je l'aurois
entendue sans m'ébranler : — bien
plus , j'aurois regardé , sans la moindre émotion, la plus belle femme de
Turin , Eugénie elle-même, parée
de la tête aux pieds par les mains de
mademoiselle Rapoux. — Cela n'est
cependant pas bien sûr.

CHAPITRE XXXII.

Mais, permettez-moi de vous le demander, Messieurs, vous amusez-vous autant qu'autrefois au bal et à la comédie? — Pour moi, je vous l'avoue, depuis quelque temps toutes les assemblées nombreuses m'inspirent une certaine terreur. — J'y suis assailli par un songe sinistre. — En vain je fais mes efforts pour le chasser, il revient toujours comme celui d'Athalie. — C'est peut-être parce que l'âme inondée aujourd'hui d'idées noires et de tableaux déchirants, trouve partout des sujets de tristesse ; — comme un estomac vicié

convertit en poison les aliments les
plus sains. — Quoi qu'il en soit, voici
mon songe : — Lorsque je suis dans
une de ces fêtes au milieu de cette
foule d'hommes aimables et cares-
sants, qui dansent, qui chantent,
— qui pleurent aux tragédies, qui
n'expriment que la joie, la franchise
et la cordialité, je me dis : — si
dans cette assemblée polie il entroit
tout à coup un ours blanc, un philosophe, un tigre, ou quelque autre
animal de cette espèce, et que, mon-
tant à l'orchestre, il s'écriât d'une
voix forcenée : — « Malheureux
« humains ! écoutez la vérité qui
« vous parle par ma bouche : vous
« êtes opprimés, tyrannisés; vous
« êtes malheureux; vous êtes en-
« nuyés. — Sortez de cette léthar-
« gie ».

« Vous, musiciens, commencez
« par briser vos instruments sur vos
« têtes ; que chacun s'arme d'un poi-
« gnard ; ne pensez plus désormais
« aux délassements, ni aux fêtes ;
« montez aux loges, égorgez tout le
« monde ; que les femmes trempent
« aussi leurs mains timides dans le
« sang. —

« Sortez, vous êtes libres, arra-
« chez votre roi de son trône et
« votre Dieu de son sanctuaire ».

— Eh bien ! ce que le tigre a dit,
combien de ces hommes charmants
l'exécuteront ? — Combien, peut-être
y pensoient avant qu'il entrât ! Qui
le sait ? — Est-ce qu'on ne dansoit
pas à Paris il y a cinq ans ? —

Joannetti ! fermez les portes et les
fenêtres. — Je ne veux plus voir la
lumière ; qu'aucun homme n'entre

11

dans ma chambre ; — mettez mon sabre à la portée de ma main ; — Sortez vous-même, et ne reparoissez plus devant moi.

CHAPITRE XXXIII.

Non, non, reste, Joannetti, reste, pauvre garçon, — et toi aussi, ma Rosine, toi qui devines mes peines, et qui les adoucis par tes caresses, viens, ma Rosine ; viens — V consonne et séjour.

CHAPITRE XXXIV.

La chute de ma chaise de poste a rendu le service au lecteur de raccourcir mon voyage d'une bonne douzaine de chapitres, parce qu'en me relevant, je me trouvai vis-à-vis et tout près de mon bureau, et que je ne fus plus à temps de faire des réflexions sur nombre d'estampes et de tableaux que j'avois encore à parcourir, et qui auroient pu allonger mes excursions sur la peinture.

En laissant donc sur la droite les portraits de Raphael et de sa maîtresse, le chevalier d'Assas et la bergère des Alpes, et longeant sur la

gauche du côté de la fenêtre, on découvre mon bureau : c'est le premier
objet et le plus apparent qui se présente aux regards du voyageur, en
suivant la route que je viens d'indi-
quer.

Il est surmonté de quelques tablettes servant de bibliothèque, — le
tout est couronné par un buste qui
termine la pyramide, et c'est l'objet
qui contribue le plus à l'embellisse-
ment du pays.

En tirant le premier tiroir à droite,
on trouve une écritoire, du papier
de toute espèce, des plumes toutes
taillées, de la cire à cacheter. —
Tout cela donneroit l'envie d'écrire
à l'être le plus indolent. Je suis sûr,
ma chère Jenny, que si tu venois à
ouvrir ce tiroir par hasard, tu répon-
drois à la lettre que je t'écrivis l'an

passé. — Dans le tiroir correspondant gisent confusément entassés les matériaux de l'histoire attendrissante de la prisonnière de Pignerol que vous lirez bientôt, mes chers amis.

Entre ces deux tiroirs est un enfoncement où je jette les lettres à mesure que je les reçois ; on trouve là toutes celles que j'ai reçues depuis dix ans ; les plus anciennes sont rangées selon leurs dates en plusieurs paquets ; les nouvelles sont pêle-mêle : il m'en reste plusieurs qui datent de ma première jeunesse.

Quel plaisir de revoir dans ces lettres les situations intéressantes de nos jeunes années ! d'être transportés de nouveau dans ces temps heureux que nous ne reverrons plus !

Ah ! comme mon cœur est plein, comme il jouit tristement lorsque mes

yeux parcourent les lignes tracées par
un être qui n'existe plus ! Voilà ses
caractères , c'est son cœur qui con-
duisoit sa main ; c'est à moi qu'il
écrivoit cette lettre , et cette lettre est
tout ce qui me reste de lui.

Lorsque je porte la main dans ce
réduit , il est rare que je m'en tire
de toute la journée. C'est ainsi que le
voyageur traverse rapidement quelques provinces d'Italie , en faisant à
la hâte quelques observations superfi-
cielles, pour se fixer à Rome pendant
des mois entiers. — C'est la veine la
plus riche de la mine que j'exploite :
quel changement dans mes idées et
dans mes sentiments ! quelle différence dans mes amis, lorsque je les
examine alors et aujourd'hui ! je les
vois mortellement agités pour des
projets qui ne les touchent plus main-

tenant ! nous regardions comme un grand malheur un événement ; — mais la fin de la lettre manque, et l'événement est complètement oublié ; je ne puis savoir de quoi il étoit question. — Mille préjugés nous assiégeoient ; le monde et les hommes nous étoient totalement inconnus : mais aussi, quelle chaleur dans notre commerce ! quelle liaison intime ! quelle confiance sans bornes !

Nous étions heureux par nos erreurs. — Et maintenant : — ah ! ce n'est plus cela ; il nous a fallu lire, comme les autres, dans le cœur humain ; — et la vérité, tombant au milieu de nous, comme une bombe, a détruit pour toujours le palais enchanté de l'illusion.

CHAPITRE XXXV.

———

IL ne tiendroit qu'à moi de faire un
chapitre sur cette rose sèche que voilà,
si le sujet en valoit la peine : c'est une
fleur du carnaval de l'année dernière;
j'allai moi-même la cueillir dans les
serres du Valentin ; et le soir , une
heure avant le bal , plein d'espérance
et dans une agréable émotion , j'allai
la présenter à madame de Hautcastel.
Elle la prit, — la posa sur sa toilette,
sans la regarder , et sans me regarder
moi-même. — Mais comment auroit-
elle fait attention à moi , elle étoit
occupée à se regarder elle-même?
Debout devant un grand miroir, toute
coiffée , elle mettoit la dernière main

à sa parure; elle étoit si fort préoc-
cupée, son attention étoit si totalement absorbée par des rubans, des
gazes et des pompons de toute espèce
amoncelés devant elle, que je n'obtins
pas même un regard, un signe. — Je
me résignai : je tenois humblement
des épingles toutes prêtes arrangées
dans ma main ; mais son carreau se
trouvant plus à sa portée, elle les
prenoit à son carreau, — et si j'a-
vançois la main, elle les prenoit de ma
main, — indifféremment ; — et pour
les prendre, elle tâtonnoit, sans ôter
les yeux de son miroir, de crainte de
se perdre de vue.

Je tins quelque temps un second
miroir derrière elle, pour lui faire
mieux juger de sa parure; et sa physionomie se répétant d'un miroir à
l'autre, je vis alors une perspective de

coquettes, dont aucune ne faisoit attention à moi. Enfin, l'avouerai-je, nous faisions, ma rose et moi, une fort triste figure.

Je finis par perdre patience, et ne pouvant plus résister au dépit qui me dévoroit, je posai le miroir que je tenois à la main, et je sortis d'un air colère et sans prendre congé. —

— Vous en allez-vous? me dit-elle en se tournant de côté pour voir sa taille de profil. — Je ne répondis rien; mais j'écoutai quelque temps à la porte pour savoir l'effet qu'alloit produire ma brusque sortie. — Ne voyez-vous pas, disoit-elle à sa femme de chambre, après un instant de silence, ne voyez-vous pas que ce caraco est beaucoup trop large pour ma taille, surtout en bas, et qu'il faut y faire une baste avec des épingles?

Comment et pourquoi cette rose sèche se trouve là sur une tablette de mon bureau, c'est ce que je ne dirai certainement pas, parce que j'ai dé- claré qu'une rose sèche ne méritoit pas un chapitre.

Remarquez bien, mesdames, que je ne fais aucune réflexion sur l'aven- ture de la rose sèche. Je ne dis point que madame de Hautcastel ait bien ou mal fait de me préférer sa parure, ni que j'eusse le droit d'être reçu au- trement.

Je me garde encore avec plus de soin d'en tirer des conséquences géné- rales sur la réalité, la force et la durée de l'affection des dames pour leurs amis. — Je me contente de jeter ce chapitre (puisque c'en est un), de le jeter, dis-je, dans le monde avec le reste du voyage, sans l'adresser à

personne, et sans le recommander à
personne.

Je n'ajouterai qu'un conseil pour
vous, messieurs, c'est de vous mettre
bien dans l'esprit qu'un jour de bal
votre maîtresse n'est plus à vous.

Au moment où la parure commence, l'amant n'est plus qu'un mari, et le bal seul devient l'amant.

Tout le monde sait de reste ce que
gagne un mari à vouloir se faire aimer par force; prenez donc votre mal
en patience et en riant.

Et ne vous faites pas illusion, monsieur : si l'on vous voit venir avec
plaisir au bal, ce n'est point en votre
qualité d'amant; car vous êtes un
mari : c'est parce que vous faites partie
du bal, et que vous êtes, par conséquent, une fraction de sa nouvelle
conquête; vous êtes une décimale

d'amant : ou bien , peut-être , c'est parce que vous dansez bien , et que vous la ferez briller : enfin , ce qu'il peut y avoir de plus flatteur pour vous dans le bon accueil qu'elle vous fait, c'est qu'elle espère qu'en déclarant pour son amant un homme de mérite comme vous , elle excitera la jalousie de ses compagnes ; sans cette considération , elle ne vous regarderoit seulement pas.

Voilà donc qui est entendu ; il faudra vous résigner et attendre que votre rôle de mari soit passé. — J'en connois plus d'un qui voudroient en être quittes à si bon marché.

CHAPITRE XXXVI.

J'ai promis un dialogue entre mon
âme et l'*autre ;* mais il est certains
chapitres qui m'échappent, ou plutôt
il en est d'autres qui coulent de ma
plume , comme malgré moi , et qui
déroutent mes projets : de ce nombre
est celui de ma bibliothèque , que je
ferai le plus court possible. — Les
quarante-deux jours vont finir ; et un
espace de temps égal ne suffiroit pas
pour achever la description du riche
pays où je voyage si agréablement.

Ma bibliothèque donc est composée
de romans, puisqu'il faut vous le dire;
— oui , de romans , et de quelques
poètes choisis.

Comme si je n'avois pas assez de mes maux, je partage encore volontairement ceux de mille personnages imaginaires, et je les sens aussi vivement que les miens ; que de larmes n'ai-je pas versées pour cette malheureuse Clarisse et pour l'amant de Charlotte !

Mais si je cherche ainsi de feintes afflictions, je trouve en revanche dans ce monde imaginaire la vertu, la bonté, le désintéressement, que je n'ai pas encore trouvé réunis dans le monde réel où j'existe. — J'y trouve une femme, comme je la désire, sans humeur, sans légèreté, sans détours ; — je ne dis rien de la beauté, on peut s'en fier à mon imagination; je la fais si belle qu'il n'y ait rien à redire : ensuite, fermant le livre, qui ne répond plus à mes idées, je la prends

par la main , et nous parcourons
ensemble un pays mille fois plus délicieux que celui d'Eden. Quel peintre pourroit représenter le paysage
enchanté où j'ai placé la divinité de
mon cœur ! et quel poète pourra jamais décrire les sensations vives et
variées que j'éprouve dans ces régions
enchantées !

Combien de fois n'ai-je pas maudit
ce Cléveland , qui s'embarque à tout
instant dans de nouveaux malheurs
qu'il pourroit éviter ! — Je ne puis
souffrir ce livre et cet enchaînement
de calamités ; mais si je l'ouvre par
distraction , il faut que je le dévore
jusqu'à la fin.

Comment laisser ce pauvre homme
chez les Abaquis ? que deviendroit-
il avec ces sauvages ? J'ose encore
moins l'abandonner dans l'excursion

qu'il fait pour sortir de sa captivité.

Enfin, j'entre tellement dans ses peines, je m'intéresse si fort à lui et à sa famille infortunée, que l'apparition inattendue des féroces Ruintons me fait dresser les cheveux : une sueur froide me couvre lorsque je lis ce passage, et ma frayeur est aussi vive, aussi réelle, que si je devois être rôti moi-même et mangé par cette canaille.

Lorsque j'ai assez pleuré et fait l'amour, je cherche quelque poète, et je pars de nouveau pour un autre monde.

~~~~~~

CHAPITRE XXXVII.

Depuis l'expédition des Argonautes jusqu'à l'assemblée des notables ; depuis le fin fond des enfers jusqu'à la dernière étoile fixe au-delà de la voie lactée, jusqu'aux confins de l'univers, jusqu'aux portes du chaos, voilà le vaste champ où je me promène en long et en large, et tout à loisir ; car le temps ne me manque pas plus que l'espace. C'est là où je transporte mon existence à la suite d'Homère, de Milton, de Virgile, d'Ossian, etc.

Tous les événements qui ont eu lieu entre ces deux époques ; tous les pays, tous les mondes, et tous les êtres qui ont existé entre ces deux termes, tout cela est à moi, tout cela m'appartient aussi bien, aussi légitimement que les vaisseaux qui entroient dans le Pirée appartenoient à un certain Athénien.

J'aime surtout les poètes qui me transportent dans la plus haute antiquité : la mort de l'ambitieux Agamemnon, les fureurs d'Oreste, et toute l'histoire tragique de la famille des Atrées persécutée par le ciel, m'inspirent une terreur que les événements modernes ne sauroient faire naître en moi.

Voilà l'urne fatale qui contient les cendres d'Oreste. Qui ne frémiroit à cet aspect ? Electre ! malheureuse sœur, apaise-toi, c'est Oreste lui-même qui apporte l'urne, et ces cendres sont celles de ses ennemis.

On ne retrouve plus maintenant de
rivages semblables à ceux du Xante
ou du Scamandre ; — on ne voit plus
de plaines comme celles de l'Hespérie
ou de l'Arcadie ; où sont aujourd'hui
les isles de Lemnos et de Crète? Où
est le fameux labyrinthe? où est le
rocher qu'Ariane délaissée arrosoit
de ses larmes? — On ne voit plus de
Thésée, encore moins d'Hercule : les
hommes, et même les héros d'aujour-
d'hui sont des pygmées.

Lorsque je veux ensuite me donner
une scène d'enthousiasme, et jouir de
toutes les forces de mon imagination,
je m'attache hardiment aux plis de la
robe flottante du sublime aveugle
d'Albion , au moment où il s'élance
dans le ciel, et qu'il ose approcher du
trône de l'Eternel. — Quelle muse a
pu le soutenir à cette hauteur où nul

homme, avant lui, n'avoit osé porter ses regards? — De l'éblouissant
parvis céleste que l'avare Mammon
regardoit avec des yeux d'envie, je
passe, avec horreur, dans les vastes
cavernes du séjour de Satan; — j'as-
siste au conseil infernal; je me mêle
à la foule des esprits rebelles, et j'é-
coute leurs discours. —

Mais il faut que j'avoue ici une
foiblesse que je me suis souvent re-
prochée.

Je ne puis m'empêcher de prendre
un certain intérêt à ce pauvre Satan
depuis qu'il est ainsi précipité du ciel
(je parle du Satan de Milton). En
blâmant l'opiniâtreté de l'esprit re-
belle, la fermeté qu'il montre dans
l'excès du malheur, et la grandeur de
son courage, me forcent à l'admira-
tion, malgré moi; — quoique je

n'ignore pas les malheurs dérivés de
la funeste entreprise qui le conduisit
à forcer les portes des enfers, pour
venir troubler le ménage de nos premiers parens, je ne puis, quoi que
je fasse, souhaiter un moment de le
voir périr en chemin dans la confu-
sion du chaos. Je crois même que je
l'aiderois volontiers sans la honte qui
me retient. Je suis tous ses mouve-
mens, et je trouve autant de plaisir
à voyager avec lui que si j'étois en
bonne compagnie. J'ai beau réfléchir
qu'après tout c'est un diable, qu'il
est en chemin pour perdre le genre
humain; que c'est un vrai Démo-
crate, non de ceux d'Athènes, mais
de ceux de Paris : tout cela ne peut
me guérir de ma prévention.

Quel vaste projet! et quelle har-
diesse dans l'exécution!

Lorsque les spacieuses et triples portes des enfers s'ouvrirent tout à coup devant lui à deux battants , et que la profonde fosse du néant et de la nuit parut à ses pieds dans toute son horreur, — il parcourut d'un œil intrépide le sombre empire du chaos; et, sans hésiter , ouvrant ses vastes ailes , qui auroient pu couvrir une armée entière , il se précipita dans l'abîme.

Je le donne en quatre au plus hardi. — Et c'est, selon moi , un des beaux efforts de l'imagination, comme un des plus beaux voyages qui aient jamais été faits , — après le voyage autour de ma chambre.

~~~~~~~~~~~~~~~~~~~~~~~~~~~~~~~~~~~~~~~

CHAPITRE XXXVIII.

———

Je ne finirois pas si je voulois décrire la millième partie des événements singuliers qui m'arrivent lorsque je voyage près de ma bibliothèque. Les voyages de Cook et les observations de ses compagnons de voyage, les docteurs Banks et Solander, ne sont rien en comparaison de mes aventures dans ce seul district: aussi je crois que j'y passerois ma vie dans une espèce de ravissement, sans le buste dont j'ai parlé, sur lequel mes yeux et mes pensées finissent toujours par se fixer, quelle que soit la situation de mon âme ; et lorsqu'elle est trop violemment agitée, ou qu'elle s'abandonne au découragement, je n'ai qu'à regarder ce buste pour la remettre dans son assiette naturelle ; c'est le diapason avec lequel j'accorde l'assemblage variable et discord de sensations et de perceptions qui forment mon existence.

Comme il est ressemblant ! — Voilà bien les traits que la nature avoit donnés au plus vertueux des hommes. Ah ! si le sculpteur avoit pu rendre visible son âme excellente, son génie et son caractère ! — Mais qu'ai-je entrepris ? Est-ce donc ici le lieu de faire son éloge ? est-ce aux hommes qui m'entourent que je l'adresse ? Eh ! que leur importe ?

Je me contente de me prosterner devant ton image chérie, ô le meilleur des pères ! Hélas ! cette image est

13

tout ce qui me reste de toi et de ma
patrie; tu as quitté la terre au moment
où le crime alloit l'envahir; et tels
sont les maux dont il nous accable
que ta famille elle - même est con-
trainte de regarder aujourd'hui ta
perte comme un bienfait. Que de
maux t'eût fait éprouver une plus
longue vie! O mon père! le sort de
ta nombreuse famille est-il connu de
toi dans le séjour du bonheur? Sais-tu
que tes enfants sont exilés de cette patrie que tu as servie pendant soixante
ans avec tant de zèle et d'intégrité?
Sais-tu qu'il leur est défendu de visiter ta tombe? — Mais la tyrannie
n'a pu leur enlever la partie la plus
précieuse de ton héritage, le souvenir de tes vertus, et la force de tes
exemples : au milieu du torrent cri-
minel qui entraînoit leur patrie et

leur fortune dans le gouffre, ils sont demeurés inaltérablement unis sur la ligne que tu leur avois tracée ; et lorsqu'ils pourront encore se prosterner sur ta cendre vénérée, elle les reconnoîtra toujours.

~~~~~~~~~~~~~~~~~~~~~~~~~~~~~~~~~~~

CHAPITRE XXXIX.

J'ai promis un dialogue, je tiens parole. — C'étoit le matin à l'aube du jour, les rayons du soleil doroient à la fois le sommet du mont Viso et celui des montagnes les plus élevées de l'isle qui est à nos antipodes ; et déjà elle étoit éveillée, soit que son réveil prématuré fût l'effet des visions nocturnes qui la mettent souvent dans une agitation aussi fatigante qu'inutile ; soit que le carnaval, qui tiroit alors vers sa fin, fût la cause occulte de son réveil ; ce temps de plaisirs et de folie ayant une influence sur la machine humaine, comme les phases de la lune et la conjonction de certaines planètes. — Enfin, elle étoit éveillée, et très éveillée lorsque mon âme se débarrassa elle-même des liens du sommeil.

Depuis long-temps celle-ci partageoit confusément les sensations de l'autre ; mais elle étoit encore embarrassée dans les crêpes de la nuit et du sommeil ; et ces crêpes lui sembloient transformés en gazes, en linons, en toile des Indes. — Ma pauvre âme étoit donc comme empaquetée dans tout cet attirail, et le dieu du sommeil, pour la retenir plus fortement dans son empire, ajoutoit à ses liens des tresses de cheveux blonds en désordre, des nœuds de ruban, des colliers de perles : c'étoit

une pitié pour qui l'auroit vue se dé-
-battre dans ces filets.

 L'agitation de la plus noble partie
de moi – même se communiquoit à
l'autre ; et celle-ci, à son tour, agis-
soit puissamment sur mon âme.
J'étois parvenu tout entier à un état
difficile à décrire, lorsque enfin mon
âme, soit par sagacité, soit par hasard, trouva la manière de se délivrer
des gazes qui la suffoquoient. Je ne
sais si elle rencontra une ouverture,
ou si elle s'avisa tout simplement de
les relever, ce qui est plus naturel ;
le fait est, qu'elle trouva l'issue du
labyrinthe. Les tresses de cheveux en
désordre étoient toujours là ; mais ce
n'étoit plus un obstacle, c'étoit plutôt
un moyen ; mon âme les saisit, comme
un homme qui se noie s'accroche aux
herbes du rivage ; mais le collier de

perles se rompit dans l'action, et les perles, se défilant, roulèrent sur le sopha, et de là sur le parquet de madame de Hautcastel : car mon âme, par une bizarrerie dont il seroit difficile de rendre raison, s'imaginoit être chez cette dame : un gros bouquet de violettes tomba par terre; et mon âme, s'éveillant alors, rentra chez elle, amenant à sa suite la raison et la réalité. Comme on l'imagine, elle désapprouva fortement tout ce qui s'étoit passé en son absence; et c'est ici que commence le dialogue qui fait le sujet de ce chapitre.

Jamais mon âme n'avoit été si mal reçue. Les reproches qu'elle s'avisa de faire dans ce moment critique, achevèrent de brouiller le ménage : ce fut une révolte, une insurrection formelle.

« Quoi donc! dit mon âme, c'est ainsi que, pendant mon absence, au lieu de réparer vos forces par un sommeil paisible, et vous rendre par là plus propre à exécuter mes ordres, vous vous avisez insolemment (le terme étoit un peu fort) de vous livrer à des transports que ma volonté n'a pas sanctionnés » !

Peu accoutumée à ce ton de hauteur, l'autre lui repartit en colère :

« Il vous sied bien, Madame (pour éloigner de la discussion toute idée de familiarité), il vous sied bien de vous donner des airs de décence et de vertu. Eh! n'est-ce pas aux écarts de votre imagination et à vos extravagantes idées que je dois tout ce qui vous déplaît en moi? — Pourquoi n'étiez-vous pas là? — Pourquoi aurez-vous le droit de jouir sans moi,

dans les fréquents voyages que vous
faites, toute seule?—Ai-je jamais dés-
approuvé vos séances dans l'empy-
rée ou dans les Champs-Elysées ; vos
conversations avec les intelligences,
vos spéculations profondes (un peu
de raillerie comme on voit), vos châ-
teaux en Espagne, vos systèmes sublimes ? — et je n'aurois pas le droit,
lorsque vous m'abandonnez ainsi, de
jouir des bienfaits que m'accorde la
nature, et des plaisirs qu'elle me présente?

   Mon âme, surprise de tant de vi-
vacité et d'éloquence, ne savoit que
répondre. — Pour arranger l'affaire,
elle entreprit de couvrir du voile de
la bienveillance les reproches qu'elle
venoit de se permettre, et afin de ne
pas avoir l'air de faire les premiers
pas vers la réconciliation, elle ima-

gina de prendre aussi le ton de la cé-
rémonie. — « Madame, » dit-elle à son
tour, avec une cordialité affectée. —
Si le lecteur a trouvé ce mot déplacé
lorsqu'il s'adressoit à mon âme, que
dira-t-il maintenant pour peu qu'il
veuille se rappeler le sujet de la dis-
pute ? — Mon âme ne sentit point
l'extrême ridicule de cette façon de
parler, tant la passion obscurcit l'intelligence ! — « Madame, dit-elle
donc, je vous assure que rien ne me
feroit autant de plaisir que de vous
voir jouir de tous les plaisirs dont
votre nature est susceptible, quand
même je ne les partagerois pas, si ces
plaisirs ne vous étoient pas nuisibles,
et s'ils n'altéroient pas l'harmonie
qui..... ». Ici mon âme fut inter-
rompue vivement : — « Non, non, je
ne suis point la dupe de votre bien-

veillance supposée ; — le séjour forcé
que nous faisons ensemble dans cette
chambre où nous voyageons ; la bles-
sure que j'ai reçue, qui a failli me
détruire, et qui saigne encore; — tout
cela n'est-il pas le fruit de votre orgueil extravagant et de vos préjugés
barbares? Mon bien-être, et mon
existence même, sont comptés pour
rien lorsque vos passions vous entraî-
nent, — et vous prétendez vous in-
téresser à moi? et vos reproches
viennent de votre amitié? »

Mon âme vit bien qu'elle ne jouoit
pas le meilleur rôle dans cette occasion ; — elle commençoit d'ailleurs à
s'apercevoir que la chaleur de la dis-
pute en avoit supprimé la cause, et
profitant de la circonstance pour faire
une diversion : faites du café, dit-elle
à Joannetti, qui entroit dans la cham-

bre. — Le bruit des tasses attirant toute l'attention de l'insurgente, dans l'instant elle oublia tout le reste. C'est ainsi qu'en montrant un hochet aux enfants, on leur fait oublier les fruits malsains qu'ils demandent en trépignant.

Je m'assoupis insensiblement pendant que l'eau se chauffoit. — Je jouissois de ce plaisir charmant dont j'ai entretenu mes lecteurs, et qu'on éprouve lorsqu'on se sent dormir. Le bruit agréable que faisoit Joannetti, en frappant de la cafetière sur le chenet, retentissoit sur mon cerveau, et faisoit vibrer toutes mes fibres sensitives, comme l'ébranlement d'une corde de harpe fait résonner les octaves. — Enfin je vis comme une ombre devant moi; j'ouvris les yeux, c'étoit Joannetti. — Ah! quel parfum!

quelle agréable surprise ! du café ! de
la crème ! une pyramide de pain
grillé ! — Bon lecteur ! déjeune avec
moi.

————

CHAPITRE XL,

QUEL riche trésor de jouissances la
bonne nature a livré aux hommes
dont le cœur sait jouir! et quelle variété dans ces jouissances! Qui pourra
compter leurs nuances innombrables
dans les divers individus et dans les
différents âges de la vie! — Le souvenir confus de celles de mon enfance
me fait encore tressaillir. Essayerai-
je de peindre celles qu'éprouve le
jeune homme dont le cœur commence à brûler de tous les feux du
sentiment? dans cet âge heureux où
l'on ignore encore jusqu'au nom de

l'intérêt, de l'ambition, de la haine, et de toutes les passions honteuses qui dégradent et tourmentent l'humanité ? Durant cet âge, hélas ! trop court, le soleil brille d'un éclat qu'on ne lui retrouve plus dans le reste de la vie. L'air est plus pur, — les fontaines sont plus limpides et plus fraîches, — la nature a des aspects, les bocages ont des sentiers qu'on ne retrouve plus dans l'âge mûr. Dieux ! quels parfums envoient ces fleurs ! que ces fruits sont délicieux ! de quelles couleurs se pare l'aurore ! — Toutes les femmes sont aimables et fidèles ; tous les hommes sont bons, généreux et sensibles : partout on rencontre la cordialité, la franchise et le désintéressement : il n'existe dans la nature que des fleurs, des vertus et des plaisirs.

Le trouble de l'amour, l'espoir du bonheur n'inondent-ils pas notre cœur de sensations aussi vives que variées ?

Le spectacle de la nature et sa contemplation dans l'ensemble et les détails, ouvrent devant la raison une immense carrière de jouissances. Bientôt l'imagination, planant sur cet océan de plaisirs, en augmente le nombre et l'intensité : les sensations diverses s'unissent et se combinent pour en former de nouvelles : les rêves de la gloire se mêlent aux palpitations de l'amour : la bienfaisance marche à côté de l'amour-propre qui lui tend la main : la mélancolie vient de temps en temps jeter sur nous son crêpe solennel, et changer nos larmes en plaisirs. — Enfin, les perceptions de l'esprit, les sensations du cœur, les souvenirs même des sens sont pour l'homme des sources inépuisables de plaisir et de bonheur. — Qu'on ne s'étonne donc point que le bruit que faisoit Joannetti, en frappant de la cafetière sur le chenet, et l'aspect imprévu d'une tasse de crème, aient fait sur moi une impression si vive et si agréable.

~~~~~~

CHAPITRE XLI.

———

JE mis aussitôt mon habit de voyage,
après l'avoir examiné avec un œil de
complaisance, et ce fut alors que je
résolus de faire un chapitre *ad hoc*,
pour le faire connoître au lecteur.
La forme et l'utilité de ces habits étant
assez généralement connues, je trai-
terai plus particulièrement de leur
influence sur l'esprit des voyageurs.
— Mon habit de voyage pour l'hiver
est fait de l'étoffe la plus chaude et
la plus moelleuse qu'il m'ait été possible de rencontrer : il m'enveloppe
entièrement de la tête aux pieds ; et
lorsque je suis dans mon fauteuil, les

mains dans mes poches, et la tête enfoncée dans le collet de mon habit, je
ressemble à la statue de Wishnou,
sans pieds et sans mains, qu'on voit
dans les pagodes des Indes.

On taxera, si l'on veut, de préjugé
l'influence que j'attribue aux habits
de voyage sur les voyageurs ; ce que
je puis dire de certain à cet égard,
c'est qu'il me paroîtroit aussi ridicule
d'avancer d'un seul pas mon voyage
autour de ma chambre, revêtu de
mon uniforme, et l'épée au côté, que
de sortir et d'aller dans le monde en
robe de chambre. — Lorsque je me
vois ainsi habillé, suivant toutes les
rigueurs de la pragmatique, non-seulement je ne serois pas à même de
continuer mon voyage, mais je crois
que je ne serois pas même en état
de lire ce que j'en ai écrit jusqu'à

présent, et moins encore de le comprendre.

Mais cela vous étonne-t-il? ne voit-on pas tous les jours des personnes qui se croient malades, parce qu'elles ont la barbe longue, ou parce que quelqu'un s'avise de leur trouver l'air malade et de le dire? Les vêtements ont tant d'influence sur l'esprit des hommes, qu'il est des valétudinaires qui se trouvent beaucoup mieux lorsqu'ils se voient en habit neuf et en perruque bien poudrée : on en voit qui trompent ainsi le public et eux-mêmes par une parure soutenue; — ils meurent un beau matin tout coëffés, et leur mort frappe tout le monde.

Enfin, dans la classe d'hommes parmi lesquels je vis, combien n'en est-il pas qui, se voyant parés d'un uniforme, se croient fermement des officiers, — jusqu'au moment où l'apparition inattendue de l'ennemi les détrompe ! — Il y a plus ; s'il plaît au roi de permettre à l'un d'eux d'ajouter à son habit certaine broderie, voilà qu'il se croit un général, et toute l'armée lui donne ce titre sans rire, — tant l'influence d'un habit est forte sur l'imagination humaine !

L'exemple suivant prouvera mieux encore ce que j'avance.

On oublioit quelquefois de faire avertir plusieurs jours d'avance le comte de.... qu'il devoit monter la garde ; — un caporal alloit l'éveiller de grand matin le jour même où il devoit la monter, et lui annoncer cette triste nouvelle ; mais l'idée de se lever tout de suite, de mettre ses guêtres, et de sortir ainsi sans y avoir

pensé la veille, le troubloit tellement,
qu'il aimoit mieux faire dire qu'il étoit
malade, et ne pas sortir de chez lui.
Il mettoit donc sa robe de chambre
et renvoyoit le perruquier ; cela lui
donnoit un air pâle, malade, qui
alarmoit sa femme et toute la famille.
— Il se trouvoit réellement lui-même
un peu défait ce jour-là.

Il le disoit à tout le monde, un peu
pour soutenir gageure, un peu aussi
parce qu'il croyoit l'être tout de bon.
— Insensiblement l'influence de la
robe de chambre opéroit ; les bouillons
qu'il avoit pris, bon gré mal gré, lui
causoient des nausées : bientôt les
parents et les amis envoyoient demander des nouvelles ; il n'en falloit
pas tant pour le mettre décidément
au lit.

Le soir, le docteur Ranson lui

trouvoit le pouls concentré, et or-
donnoit la saignée pour le lendemain.
Si le service avoit duré un mois de
plus, c'étoit fait du malade.

Qui pourra douter de l'influence
des habits de voyage sur les voyageurs, lorsqu'on réfléchira que le
pauvre comte de.... pensa plus d'une
fois faire le voyage de l'autre monde
pour avoir mis mal à propos sa robe
de chambre dans celui-ci?

CHAPITRE XLII.

J'ÉTOIS assis près de mon feu, après dîné, plié dans mon habit de voyage, et livré volontairement à toute son influence, en attendant l'heure du départ, lorsque les vapeurs de la digestion se portant à mon cerveau, obstruèrent tellement les passages par lesquels les idées s'y rendent en venant des sens, que toute communication se trouva interceptée; et de même que mes sens ne transmettoient plus aucune idée à mon cerveau, celui-ci, à son tour, ne pouvoit plus envoyer ce fluide électrique qui les anime, et avec lequel l'ingénieux

docteur Valli ressuscite des grenouil-
les mortes.

On concevra facilement , après
avoir lu ce préambule, pourquoi ma
tête tomba sur ma poitrine , et comment les muscles du pouce et de l'in-
dex de ma main droite, n'étant plus
irrités par ce fluide , se relâchèrent
au point qu'un volume des œuvres
du marquis Caraccioli que je tenois
serré entre ces deux doigts m'échap-
pa , sans que je m'en aperçusse , et
tomba sur le foyer.

Je venois de recevoir des visites ,
et ma conversation avec les personnes
qui étoient sorties, avoit roulé sur la
mort du fameux médecin Cigna, qui
venoit de mourir, et qui étoit univer-
sellement regretté : il étoit savant ,
laborieux, bon physicien et fameux
botaniste. — Le mérite de cet homme

15

habile occupoit ma pensée ; et cependant, me disois-je, s'il m'étoit permis
d'évoquer les âmes de tous ceux qu'il
peut avoir fait passer dans l'autre
monde, qui sait si sa réputation ne
souffriroit pas quelque échec ?

Je m'acheminai insensiblement à
une dissertation sur la médecine et
sur les progrès qu'elle a faits depuis
Hippocrate. — Je me demandois si
les personnages fameux de l'antiquité
qui sont morts dans leur lit, comme
Périclès, Platon, la célèbre Aspasie,
et Hippocrate lui-même, étoient
morts comme des gens ordinaires,
d'une fièvre putride, inflammatoire
où vermineuse ; si on les avoit sai-
gnés ou bourrés de remèdes ?

Dire pourquoi je songeai à ces
quatre personnages plutôt qu'à d'autres, c'est ce qui ne me seroit pas

possible. — Qui peut rendre raison d'un songe? — Tout ce que je puis dire, c'est que ce fut mon âme qui évoqua le docteur de Cos, celui de Turin, et le fameux homme d'état qui fit de si belles choses et de si grandes fautes.

Mais pour son élégante amie, j'avoue humblement que ce fut l'*autre* qui lui fit signe.— Cependant quand j'y pense, je serois tenté d'éprouver un petit mouvement d'orgueil; car il est clair que, dans ce songe, la balance en faveur de la raison étoit de quatre contre un. — C'est beaucoup pour un lieutenant.

Quoi qu'il en soit, pendant que je me livrois à ces réflexions, mes yeux achevèrent de se fermer, et je m'endormis profondément; mais en fermant les yeux, l'image des per-

sonnages auxquels j'avois pensé, de-
meura peinte sur cette toile fine,
qu'on appelle *mémoire*, et ces images se mêlant dans mon cerveau avec
l'idée de l'évocation des morts, je vis
bientôt arriver à la file Hippocrate,
Platon, Périclès, Aspasie, et le docteur Cigna avec sa perruque.

Je les vis tous s'asseoir sur les
siéges encore rangés autour du feu;
Périclès seul resta debout pour lire
les gazettes.

« Si les découvertes dont vous me
parlez étoient vraies, disoit Hippocrate au docteur, et si elles avoient
été aussi utiles à la médecine que vous
le prétendez, j'aurois vu diminuer
le nombre des hommes qui descen-
dent chaque jour dans le royaume
sombre, et dont la commune, d'après
les registres de Minos que j'ai vérifiés

moi-même, est constamment la même qu'autrefois ».

Le docteur Cigna se tourna vers moi : vous avez sans doute ouï parler de ces découvertes, me dit-il : vous connoissez celle d'Harvey sur la circulation du sang ; celle de l'immortel Spallanzani sur la digestion, dont nous connoissons maintenant tout le mécanisme; — et il fit un long détail de toutes les découvertes qui ont trait à la médecine, et de la foule de remèdes qu'on doit à la chimie; il fit enfin un discours académique en faveur de la médecine moderne.

Croirois-je, lui répondis-je alors, que ces grands hommes ignorent tout ce que vous venez de leur dire, et que leur âme, dégagée des entraves de la matière, trouve quelque chose d'obscur dans la nature ?

Ah! quelle est votre erreur! s'écria
le proto-médecin du Péloponnèse;
les mystères de la nature sont cachés
aux morts comme aux vivants. Celui
qui a créé et qui dirige tout, sait lui
seul le grand secret auquel les hommes s'efforcent en vain d'atteindre;
voilà ce que nous apprenons de certain sur les bords du Styx; et, croyez-
moi, ajouta-t-il, en adressant la parole au docteur, dépouillez-vous de ce
reste d'esprit de corps que vous avez
apporté du séjour des mortels: et puisque les travaux de mille générations,
et toutes les découvertes des hommes
n'ont pu allonger d'un seul instant
leur existence; puisque Caron passe
chaque jour dans sa barque une égale
quantité d'ombres, — ne nous fati-
guons plus inutilement à défendre
un art qui, chez les morts où nous

sommes, ne seroit pas même utile aux médecins. — Ainsi parla le fameux Hippocrate à mon grand étonnement.

Le docteur Cigna sourit. Et comme les esprits ne sauroient se refuser à l'évidence, ni taire la vérité, non-seulement il fut de l'avis d'Hippocrate, mais il avoua même, en rougissant à la manière des intelligences, qu'il s'en étoit toujours douté.

Périclès, qui s'étoit approché de la fenêtre, fit un grand soupir, dont je devinai la cause. Il lisoit un numéro du Moniteur, qui annonçoit la décadence des arts et des sciences : il voyoit des savants illustres quitter leurs sublimes spéculations pour inventer de nouveaux crimes, et il frémissoit d'entendre une horde de

cannibales se comparer aux héros de
la généreuse Grèce, en faisant périr
sur l'échafaud, sans honte et sans
remords, des vieillards vénérables,
des femmes, des enfants, et en com-
mettant, de sang-froid, les crimes
les plus atroces et les plus inutiles.

Platon, qui avoit écouté, sans
rien dire, notre conversation, la
voyant tout à coup terminée d'une
manière inattendue, prit la parole à
son tour. — Je conçois, nous dit-il,
comment les découvertes qu'ont faites
vos grands hommes dans toutes les
branches de la physique, sont inutiles
à la médecine qui ne pourra jamais
changer le cours de la nature qu'aux
dépens de la vie des hommes; mais il
n'en sera pas de même, sans doute,
des recherches qu'on a faites sur la
politique. Les découvertes de Locke

sur la nature de l'esprit humain, l'invention de l'imprimerie, les observations accumulées tirées de l'histoire, tant de livres profonds qui ont répandu la science jusque parmi le peuple, — tant de merveilles enfin auront sans doute contribué à rendre les hommes meilleurs ; et cette république heureuse et sage que j'avois imaginée, et que le siècle dans lequel je vivois m'avoit fait regarder comme un songe impraticable, existe sans doute aujourd'hui dans le monde? — A cette demande, l'honnête docteur baissa les yeux et ne répondit que par ses larmes : et comme il les essuyoit avec son mouchoir, il fit involontairement tourner sa perruque, de manière qu'une partie de son visage en fut cachée. — Dieux immortels ! dit Aspasie, en poussant un cri

perçant, quelle étrange figure! est-ce
donc une découverte de vos grands
hommes qui vous a fait imaginer de
vous coëffer ainsi avec le crâne d'un
autre ?

Aspasie, que les dissertations des
philosophes faisoient bâiller, s'étoit
emparée d'un journal de modes qui
étoit sur la cheminée, et qu'elle feuil-
letoit depuis quelque temps, lorsque
la perruque du médecin lui fit faire
cette exclamation; et comme le siége
étroit et chancelant sur lequel elle
étoit assise étoit fort incommode pour
elle, elle avoit placé, sans façon, ses
deux jambes nues, ornées de bandelettes, sur la chaise de paille qui se
trouvoit entre elle et moi, et s'ap-
puyoit du coude sur une des larges
épaules de Platon.

Ce n'est point un crâne, lui ré-

pondit le docteur, en prenant sa perruque et la jetant au feu; c'est une
perruque, Mademoiselle, et je ne
sais pourquoi je n'ai pas jeté cet or-
nement ridicule dans les flammes du
Tartare lorsque j'arrivai parmi vous;
mais les ridicules et les préjugés sont
si fort inhérents à notre misérable
nature, qu'ils nous suivent encore
quelque temps au-delà du tombeau.
— Je prenois un plaisir singulier à
voir le docteur abjurer ainsi tout à la
fois sa médecine et sa perruque.

Je vous assure, lui dit Aspasie,
que la plupart des coëffures qui sont
représentées dans le cahier que je
feuillette, mériteroient le même sort
que la vôtre, tant elles sont extravagantes. — La belle Athénienne s'a-
musoit extrêmement à parcourir ces
estampes, et s'étonnoit avec raison de

la variété et de la bizarrerie des ajus-
tements modernes : une figure entre
autres la frappa, c'étoit celle d'une
jeune dame, représentée avec une
coëffure des plus élégantes, et qu'Aspasie trouva seulement un peu trop
haute; mais la pièce de gaze qui cou-
vroit la gorge étoit d'une ampleur si
extraordinaire, qu'à peine aperce-
voit-on la moitié du visage. Aspasie
ne sachant pas que ces formes prodi-
gieuses n'étoient que l'ouvrage de
l'amidon, ne put s'empêcher de témoigner un étonnement qui auroit
redoublé en sens inverse, si la gaze
eût été transparente.

Mais apprenez-nous, dit-elle,
pourquoi les femmes d'aujourd'hui
semblent plutôt avoir des habillements pour se cacher que pour se vê-
tir : à peine laissent-elles apercevoir

leur visage auquel seul on peut re-
connoître leur sexe, tant les formes
de leurs corps sont défigurées par les
plis bizarres des étoffes. De toutes les
figures qui sont représentées dans ces
feuilles, aucune ne laisse à découvert
la gorge, les bras et les jambes :
comment vos jeunes guerriers n'ont-
ils pas tenté de détruire une semblable coutume? Apparemment, ajouta-
t-elle, la vertu des femmes d'aujour-
d'hui, qui se montre dans tous leurs
habillements, surpasse de beaucoup
celle de mes contemporaines. — En
finissant ces mots, Aspasie me regardoit et sembloit me demander une ré-
ponse.—Je feignis de ne m'en pas apercevoir ; — et pour me donner un air
de distraction, je poussai sur la braise
avec les pincettes les restes de la perruque du docteur qui avoient échap-

16

pé à l'incendie. — M'apercevant
ensuite qu'une des bandelettes qui
serroit le brodequin d'Aspasie étoit
dénouée ; permettez, lui dis-je, charmante personne, — et en parlant
ainsi, je me baissai vivement, portant
les mains vers la chaise où je croyois
voir ces deux jambes qui firent jadis
extravaguer de grands philosophes.

Je suis persuadé que, dans ce moment, je touchois au véritable som-
nambulisme; car le mouvement dont
je parle fut très réel ; mais Rosine,
qui reposoit en effet sur la chaise,
prit ce mouvement pour elle ; et
sautant légèrement dans mes bras,
elle replongea dans les enfers les
ombres fameuses évoquées par mon
habit de voyage.

Charmant pays de l'imagination !
toi, que l'être bienfaisant par excellence a livré aux hommes pour les
consoler de la réalité, il faut que je
te quitte. — C'est aujourd'hui que
certaines personnes, dont je dépends,
prétendent me rendre ma liberté ; —
comme s'ils me l'avoient enlevée !
comme s'il étoit en leur pouvoir de
me la ravir un seul instant, et de
m'empêcher de parcourir, à mon gré,
le vaste espace toujours ouvert devant
moi ! — Ils m'ont défendu de parcourir une ville, un point, mais
ils m'ont laissé l'univers entier ;
l'immensité et l'éternité sont à mes
ordres.

C'est aujourd'hui donc que je suis
libre, ou plutôt que je vais rentrer

dans les fers. Le joug des affaires va
de nouveau peser sur moi; je ne ferai
plus un pas qui ne soit mesuré par la
bienséance et le devoir. — Heureux
encore si quelque déesse capricieuse
ne me fait pas oublier l'un et l'autre !
et si j'échappe à cette nouvelle et dan-
gereuse captivité !

Eh ! que ne me laissoit-on achever
mon voyage ! Etoit-ce donc pour me
punir qu'on m'avoit relégué dans ma
chambre ? — dans cette contrée délicieuse qui renferme tous les biens et
toutes les richesses du monde? Autant
vaudroit exiler une souris dans un
grenier. —

Cependant, jamais je ne me suis
aperçu plus clairement que je suis
double. — Pendant que je regrette
mes jouissances imaginaires, je me
sens consolé par force : une puissance

secrète m'entraîne ; — elle me dit que
j'ai besoin de l'air et du ciel, et que
la solitude ressemble à la mort. —
Me voilà paré ; — ma porte s'ouvre ;
— j'erre sous les spacieux portiques
de la rue de Pô ; — mille fantômes
agréables voltigent devant mes yeux.
— Oui, voilà bien cet hôtel, — cette
porte, — cet escalier ; — je tressaillis
d'avance.

C'est ainsi qu'on éprouve un avant-
goût acide lorsqu'on coupe un citron
pour le manger.

Pauvre animal ! prends garde à toi.

FIN.

www.ingramcontent.com/pod-product-compliance
Lightning Source LLC
Chambersburg PA
CBHW070842030726
47504CB00005B/1191